建築家と小説家

近代文学の住まい

ブックデザイン　伊原智子

建築家と小説家

近代文学の住まい

若山滋

彰国社

建築家と小説家　近代文学の住まい

目次

プロローグ　建築からの文学史　文学からの建築史

自分は、どの程度に日本人なのだろう。

時々、考える。

DNAとしては先祖代々日本人なのだが、父の仕事の関係で台湾に生まれ、圧倒的なアメリカ文化の影響下で育ち、地中海に萌芽し西欧で発展した科学技術を学び、モダニズムの建築を仕事として、ヨーロッパにも、アメリカにも、アジアにも、アフリカにもよく出かけた。そして外に出れば出るほど、日本について考えさせられた。そしていつのまにか、建築をつうじて日本文化を論じることが仕事の一部となった。

しかしその日本文化というものも常に変化する。

平成に入ってすでに長く、昭和は遠くなりつつあるが、この時点で振り返ってみて筆者は、明治維新から昭和天皇の崩御までが、何か「一続きの時代」であったように思えるのだ。

その「時代の物語」を書いてみようと考えた。

大陸の影響を受けながらも独自の文化を培ってきた、ユーラシアの東の果てにへばりついたような列島が、新大陸アメリカからやってきた黒い船の艦載砲によって太平の眠りを覚まされ、すったもんだのあげく、世界文明のメインストリームに同調することを選択し、驚異的な学習と挑戦によって、アジアで唯一の先進国となり、軍事大国として拡大し破綻し、再び驚異的な復興と成長を遂げ、経済大国として拡大し破綻しようとする(?)までの、「明治・大正・昭和」という驚くべき一続きの時代の物語である。

自分もまた、その大きな流れの一滴であったのだ。

筆者はこの物語の主人公に、「建築家」と「小説家」という、一見奇妙なセットを選択した。

それはいずれも近代の産物であり、いずれも構築する存在である。

それまでにも棟梁とか大工とか呼ばれる技術者はいたし、歌人や俳人や戯作者もいたが、建築家と小説家はヨーロッパからやってきた新しい概念であった。そして一方は物質による物理的空間の構築を行い、もう一方は言語による意識的空間の構築を行った。またそれは、それまでの日本文化がきわめて非構築的なものであったことを考えれば、過去の文化空間の破壊でもあったのだ。

しかしその現れ方には逆の方向性も見られる。建築家は伝統を受け継ぎながらも、やはり新しい空間を築こうとし、小説家は新しい表現を求めながらも、慣れ親しんだ景観が失われるのを惜しんだ。筆者は常々、視覚を支配する「建築の出現性」と、過去の経験に基づく「言語の遡《そ》行性」について考えている。

この選択には、経緯がある。

長いあいだ「文学の中の建築」を研究してきた。『万葉集』から村上春樹まで、最近では海外文学にまで及んで、何冊か本を出している。『「家」と「やど」—建築からの文化論』（朝日新聞社）、『漱石まちをゆく—建築家になろうとした作家』（彰国社）など。前者は、万葉の時代から西鶴の時代まで、文学と建築の相互関係を追ったもので、後者は、夏目漱石の、作品の中の建築と実際に体験した建築を論じたものだ。本書は、相互関係の歴史という点で前者の、近代文学という点で後者の続編に当たる。あわせて読んでいただければこれに越したことはない。

文学の中の建築記述研究をもとにしているため、その引用文が随所に配されているが、いずれも名文であり、それもまた本書の血肉である。文章を味わうとともに、そこに「立ち現れる空間」を味わっていただきたい。

建築家と小説家を同時進行的に追うことによって見えてくるものは、「建築からの文学史」であり、また「文学からの建築史」である。これまで別々のものとして語られてきた物語に橋を架け、新しい視野を開きたい。

しかしそれだけではないだろう。近代日本人の文化空間の構築と破壊という、この時代この国に特有の物語が姿を現すような気もするのだ。そしてそのことによって、自分と日本と世界との関係も見えてくるのではないか。


建築家と小説家は、何を構築し、何を破壊したのか。

〔注〕　章立ては時代を追っている。第一、二章は明治期、第三、四章は大正期、第五、六章は昭和前期、第七、八章は昭和後期であるが、厳密なものではない。また作品も、作家（建築家、小説家）を重視しているため、取り上げる順が前後する場合がある。
本文において、引用文に登場する「私」を、小説家を指す言葉として使う場合が多いので、若山を指す言葉として「筆者」を使う。引用文に、現代では不適切とされる用語が含まれるが、文学性を損なわないようそのままにする。

本書は、これまでに読み、考えてきた多くのものが積み重なっているので、あえて参考文献は記さない。引用は、夏目漱石に関しては岩波書店「漱石文学作品集」、その他は、特記なき限り、「新潮文庫」によっている。近代建築史に関して、筆者は村松貞次郎、藤森照信の師弟に知己があり、その著作が参考になっている。

社会建築文学年表　明治・大正・昭和

年号	社会	建築	文学
1868（明元）	明治維新 1868	築地ホテル館 1868	
1870（明3）			
		富岡製糸場 1871	
		銀座煉瓦街 1873	
		開智学校 1876	
	西南戦争 1877	コンドル来日 1877	
1880（明13）			
		博物館 1881	
		鹿鳴館 1883	
			小説神髄、当世書生気質 1885
			浮雲、第一編 1887
	大日本帝国憲法1889		第二編 1889
1890（明23）	議会開設 1890		舞姫 1890
		ニコライ堂 1891	五重塔 1891
	日清戦争 1894	三菱一号館 1894	
			たけくらべ 1895
		日本銀行本店、岩崎久彌邸洋館 1896	
			武蔵野 1898
			不如帰 1899
1900（明33）			
	日露戦争 1904		
			吾輩は猫である 1905
			蒲団 1907
			三四郎 1908
		両国国技館 1909	田舎教師、フランス物語 1909
1910（明43）	韓国併合 1910	赤坂離宮 1910	白樺派、一握の砂、家 1910
			雁、刺青、少年 1911
1912（大元）			
		東京駅 1914	こころ 1914
		豊多摩監獄 1915	

建築は竣工年、文学は発表年を表す。設計、執筆、完成、刊行はずれる場合がある。

第一章　開化の時勢

辰野金吾と夏目漱石の時代

コンドル来日　東洋風の西洋

維新から十年目の一月末。

横浜港へと向かう大きな船のデッキの上、身なりのいい長身の青年が、青い眼を大きく見開き、近づく山並を凝視していた。やや緊張した表情の頬を風が撫でる。見てきたように書いたが、この物語の最初の主人公はイギリス人だ。

ジョサイア・コンドル（一八五二‐一九二〇）、弱冠二五歳。ロンドンで生まれ、サウスケンジントン美術学校とロンドン大学で建築を学び、一流建築家への登竜門といわれるソーン賞を受賞したエリートで、この国に本格的な西洋建築をもたらそうとしていた。はるか西の島国からの長旅である。彼の胸は新天地への期待と不安でいっぱいであったろう。コンドルは結局、この東の島国で妻をめとり、骨を埋めることになる。

この年、列島を揺るがす大事件が起きている。

倒幕戦争最大の英雄であったはずの西郷隆盛が、反政府軍を率いて決起したのだ。熊本の田原坂《たばるざか》で激戦となり、大敗を喫した西郷は、逃げ帰った故郷の城山に雨あられと弾を撃ち込まれ、無念の最期を遂げた。

現代の報道写真に匹敵する錦絵を見ると、田原坂の戦闘は、くっきりと二つのグループに分かれて描かれている。一方は洋風の帽子に制服、手には銃をもち、もう一方は鉢《はち》巻《まき》に袴《はかま》、手には刀をもつ。つまりこの戦争は、軍隊とサムライの、物質と精神の、文明と文化の戦争だったのである。前者は勝ち、後者は敗れた。しかし西郷は、政府にとっての賊とはなっても、国民にとっての悪となったわけではない。むしろ維新の志士たちの中で、坂本龍馬とともにもっとも慕われる英雄となった。ここに、近代日本スタートの矛盾が象徴されている。

つまり維新から十年目の、コンドル来日と西郷の敗北は、建築と軍事における西洋追随という点で同側の事象だったのだ。


コンドルは、それまでの器用な「お雇い外国人」という立場を超える、本格的な洋風建築の教育者として政府に招かれた。しかし彼には日本文化への強い好奇心があり、また創造的な設計者としての自負もあった。工部大学校（まもなく帝国大学工科大学となる）の教授となって何人かの弟子を育てたあと、大学を辞し建築家として活動する。博物館（帝室博物館）、鹿鳴館の設計を手がけ、ロシアで基本設計が行われたニコライ堂の実施設計も担当し、その後は主として三菱の岩崎家や宮家の邸宅などを設計している。舞踊家前波クメ子と結婚し、浮世絵師河鍋暁斎《かわなべきょうさい》について絵を学び暁英という名を授かるほどになっている。日本文化に深く傾倒して、つまり日本人になったといっていい。

これはもちろんコンドルという人物の特質であるが、底流として当時の英国知識人にそういった東洋趣味が存在したと見るべきであろう。

一方、日本政府における都市や建築の西洋化を進める勢力の中心は、外務卿の井上馨であった。幕末には長州藩の熱烈な攘夷主義者であったが、維新以後は「西洋かぶれ」と呼ばれるほどの欧化主義に転じた。三井をはじめとする財界との癒着も指摘されているが、官よりも民に信をおく合理主義者であった。ウォートルス設計の銀座煉瓦街にも、コンドルの招聘にも関わり、鹿鳴館は井上がつくったとさえいわれている。

井上らの主たる政治目標は条約改正であった。そのために国家の威信を整えようというのだから、彼らが望んだものは堂々たるクラシック様式か、華麗なバロック様式かであったろう。しかしコンドルの設計は、博物館にしても鹿鳴館にしても、ややイスラム風インド風であり、ニコライ堂はもちろんロシア風であった。すなわち東方の風である。そこに、西洋を熱望していた日本政府の要人たちとの「ズレ」があった。

このズレに関しては、ヨーロッパにおける歴史的な文化構造に触れなくてはならない。

鹿鳴館(上) とニコライ堂(下)

ヨーロッパ建築の歴史は、ギリシア神殿を基本とする古典主義様式と、ロマネスクからゴシックへと変化したキリスト教様式の相互関係で成り立っている。それはヨーロッパの知が、「ギリシア思想」と「キリスト教」の混成であることに符合する。また絵画や音楽や文学など、建築以外の文化にも、「古典主義」対「ロマン主義」というかたちで、この関係が反映されている。

古典主義は、ルネサンス期、一七世紀、一八世紀の末から一九世紀と、それぞれ隆盛を見たが、それはヨーロッパ諸国が、合理主義的な文明思想によって成長、発展を遂げた時期と重なっている。つまりこの時代の古典主義は、植民地主義と資本主義による西欧文明の世界拡張を背景としていた。これに対するロマン主義は、合理に対する情念、文明に対する文化をモチベーションとして、古くはキリスト教を、新しくはヒューマニズムをバックに、古典主義と対峙した。つまり古典主義には、合理主義と進歩思想と国家権力が、ロマン主義には、キリスト教と中世追慕と反権力が隠れていると考えていい。

コンドルが育ったヴィクトリア女王の治世は、ディズレーリとグラッドストーンが議会政治をリードした大英帝国の絶頂期であった。しかし一方、ロンドンの空気は煤煙に汚染され、貧困な労働者が街にあふれ、繁栄が生み出す矛盾も小さくはなかった。やがてドイツとアメリカに追い上げられ、この世界帝国もピークを過ぎようとする。そんな時代の英国知識人には、古典主義的な合理思想に対する反発と、ロマン主義的な東洋趣味への志向があった。その動きが、世紀末に向けて、アール・ヌーヴォーという潮流につながっていくのだ。青年建築家ジョサイア・コンドルは、そういった文化環境の中、西の、まさに繁栄の頂点にある島国から、東の、まだ海のものとも山のものとも知れない島国へとやってきたのである。彼のインド、イスラムを含む東洋風への傾倒にはそういった背景がある。

こうしたコンドルのデザイン傾向は、井上をはじめとする政府の面々の意にそぐうものではなく、彼らは、帝都に堂々たる官庁街をつくるという一大プロジェクトを企画し、コンドルに見切りをつけるかのように、ドイツからヘルマン・エンデとヴィルヘルム・ベックマンの事務所を招来する。盛期を過ぎようとするイギリスより、新しく統一された帝国の発展期にあるドイツの方が、日本の国情に近かったのだ。日本国の中枢を、すべて洋風建築で構成するというこの計画は、さまざまな反対にあって簡単には実現しなかったが、その遺産が今も残る司法省(法務省旧本館)の建築である。

現在、コンドルの設計をよく体験できるのは、重要文化財となっている旧岩崎久彌邸であろう。

外観はまったくの西洋風であるが、内部にはコンドルらしくイスラム風の部屋もある。主要な部屋の壁に「金革紙《きんかわし》」が使われていることに注目したい。もとは「金唐革《きんからかわ》」といって、革に金箔を貼って型で模様を浮き出させたもので、ルネサンス期にボッティチェリが初めて使ったという説もある。オランダをつうじて江戸時代の日本にもたらされたが、田中優子は『江戸の想像力』の中で、平賀源内がこの金唐革の偽物を紙でつくって一般化させたことを書いている。

デザイン的には西洋風の植物模様であるが、日本でいえば唐草模様であり、これはギリシア、ペルシアから、中国、日本へと、ユーラシアの東西を駆け抜けた歴史的なデザインである。つまり、コンドルが岩崎邸の壁面内装に使用した金革紙は、単なる西洋風ではなく、奈良時代シルクロードの唐草模様と、江戸時代オランダ渡りの金唐革とその偽物の、技法とデザインが流入しているのである。設計者コンドルは、この金革紙をつくる職人たちの腕におどろいたであろう。

必ずしも権力の庇護を受け栄光の人生を送ったわけではないが、日本に本格的な西洋建築をもたらし、一生をこの島国に捧げたコンドルが、心ある人の敬愛を受けないはずはない。東京大学の構内には、北海道大学のクラーク博士と同様、コンドルの銅像が立ちつづけている。左手をポケット、右手に葉巻、というところがいい。台座は伊東忠太のデザインであるが、これも面白い。

様式史的には評価されないところもあるようだが、筆者はコンドルのロマンにあふれた作品と人生に好感をもっている。

今の建築家は多く、ル・コルビュジエの子供であるが、もとはといえば、このコンドルの孫なのだ。

浮遊する二階『浮雲』

明治二〇年、神田駿河台でコンドルがニコライ堂の工事を見まわっているころ、二葉亭四迷（一八六四－一九〇九）という奇妙な名の青年によって、近代文学の幕が切って落とされた。

言文一致小説の嚆矢《こうし》『浮雲』である。

静岡から出てきた主人公の内海文三が、東京の小川町にある叔父の家にやっかいになり、娘お勢に恋心を抱く話であるが、この家が、物語の舞台として重要な意味をもつ。

文三は、この家の二階「六畳の小座敷」を間借りする。一階には、階段を降りたところに「お勢の部屋」があり、玄関に近いところに母親のお政のいる「奥座敷」がある。「梯子《はしご》段《だん》」と呼ばれる階段が、お勢の一階と文三の二階を結ぶ道具となっている。このころの階段は、ほぼ一間《いっけん》のあいだにつくるのが普通、つまりきわめて急勾配で、上り下りには手も使った。梯子段というにふさわしい。

文三がお勢の部屋に入る場面では、「障子」が二人の心理的葛藤を表現する小道具である。

「ためらいながら二階を降りて、ふいと縁を回ッて見れば、部屋にとばかり思ッていたお勢が入り口に柱にもたれて、空を向上《みあ》げて物思い顔……はッと思ッて、文三立ち止まッた。お勢も何心なく振り返ッてみて、急に顔を曇らせる……ツと部屋へ入《はい》ッてあとぴッしゃり。障子は柱と額合《はちあ》わせをして、二、三寸跳《は》ね返ッた。跳ね返ッた障子を文三は恨めしそうにみつめていたが、やがて思い切りわるく二歩三歩。わななく手頭《てさき》を引き手へかけて、胸と共に障子をおどらしながらあけてみれば、お勢は机の前にかしこまッて、一心に壁とにらめくら。」（岩波文庫）

障子という日本建築独特の隔てが、一つの家に同居する男女の微妙な心理を演出する。勢いよく閉めると跳ね返って少し開いてしまうのは、年配の方なら誰にも経験があるだろう。この文章のユーモラスな感覚は、江戸期の戯作文学のなごりと、障子という道具の「軽さ」からくる。「梯子段」と「障子」が、男女の関係を隔てたりつないだりする道具となるのは、この時代の木造住宅の構造をよく表している。

文三は、勤め先である役所の俗物的な課長とうまくいかず、職を失う。母親のお政は急によそよそしい態度をとるようになり、お政のいる「奥座敷」は、もともと文三にとってやや気後れのする空間であったが、失職してからはなおさら縁遠いものとなる。一方、同じ職場に勤めている文三の友人昇は、万事に抜け目がなく、出世コースにある。ときおりこの家にやってきて、文三の友人として二階に上がるのだが、しだいにお政やお勢とともに一階にいることが多くなる。お政は、文三に代わって昇に娘を嫁がせようと考え、初めのうちは嫌っていたお勢までも、昇になびくのだ。文三の住む二階は、空に浮いた雲のように、一階すなわち俗世間と切り離されて漂いはじめる。

この救いのないリアリズムが、小説というものであった。

ここで、昇は文明開化に乗る者であり、文三は取り残される者である。登場人物の名がキャラクターを表しているように思える。昇は「上昇」志向、お政は「政治」的、お勢は「時勢」に流され、文三の精神はそういった世間から切り離された「文学三昧」を意味するのではないか。もともと二葉亭四迷という名前は、父親に「くたばってしまえ」といわれたことからつけられたというから、小説の登場人物にもそういう名前を当てたとは十分考えられる。

官制改革の行われた明治一九年の東京を舞台としている。西南戦争以後、日本人は「文明開化＝西洋化」という風潮に逆らえなくなっていた。開化に乗る者は勝者であり、取り残される者は敗者であった。この家の一階はその時勢の変化を表現し、二階は変化に取り残された浮き雲のような孤独を象徴している。

伊藤博文や井上馨をはじめ、政府の要人たちが鹿鳴館で踊っているころのことだ。

二葉亭は、江戸の市ヶ谷で生まれたが、五歳のときに名古屋に移り、島根県の松江で暮らしたあと上京、四谷の伯父（祖父の養子で血縁はない）の家に下宿した。自伝的小説『平凡』によれば、このときに『浮雲』に似た経験をしているようだ。東京外国語学校の露語科に入学し、二二歳のとき坪内逍遙を訪ねたことが文学者への道を開いた。

しかしこの人物には、文士というより壮士の気質が濃く、『浮雲』を執筆したあとロシ

二葉亭四迷

アにわたってその文学を日本に紹介する。語学に堪能でエスペラント語までやった。また、ロシアの膨張に日本の危機を感じると同時に社会主義にかぶれ、貧民街に出入りして娼婦を妻とした。やがて外国語学校の語学教授となり、朝日新聞に転じるが、曲折を経て、ペテルブルグからの帰途、ベンガル湾上で客死、四五歳の波乱に満ちた生涯を閉じる。風雲児であった。

二葉亭という名に表れているとおり、文学界では出色の行動家として「くたばった」のである。死の直前に書いた遺書は、恩師逍遙のもとに届けられている。明治的な精神の一つの形というべきか。夏目漱石は「長谷川君（二葉亭の本名）と余」という一文を捧げている。同じ朝日新聞に所属していた時期がある。

筆者も、処女著作は『建築へ向かう旅ー積み上げる文化と組み立てる文化』（冬樹社）という、冒険的な貧乏旅行の建築文化論であった。小田実《まこと》、椎名誠、沢木耕太郎といった行動的な（旅をする）作家には影響も受け、親近感ももっている。若者には、人生という名の旅に出てもらいたい。本書も、時代を旅する紀行文のように書きたいと思う。

『浮雲』第二編が発表されてから二年後、駿河台の高台にビザンチン様式の大ドームをもつニコライ堂が完成する。

今でこそビルに囲まれて目立たないが、当時は周囲を見下ろすような威容を誇ったであろう。右翼の妨害もあったという。四谷あるいは小川町の二階からであればドームが見えたかもしれない。そしてこの年の暮れ、幸田露伴の『五重塔』の連載がスタートしている。腕のいい職人肌の大工のっそり十兵衛と、マネージメントの能力にたけた棟梁川越源太が、信頼のコンビを組んでつくった谷中感應寺（寛永寺）の五重塔は、大嵐に耐えてそびえ建ったが、この物語の背後には、ニコライ堂の完成に刺激されて、日本の職人技術を称揚しようとする文化ナショナリズムがあったともいわれる。


二葉亭四迷の二年前に生まれ、まったく対照的な生き方をしたのが、森鷗外（一八六二－一九二二）であった。

津和野藩の御典医を務める家に生まれ、幼少から秀才として期待を集めた。十歳のとき上京して、第一大学医学校（現東京大学医学部）に入学。医学とともに、漢文、和歌、西洋語に親しみ首席で卒業する。陸軍軍医となって、明治一七年ドイツに留学。ベルリンを舞台にした『舞姫』は、クロイステル街に住むエリスという若い女性との恋と、ドイツ医学を修めて帰るという日本政府の期待との葛藤が主題となっている。

後年、この街に滞在した建築家は谷口吉郎であった。著書『雪あかり日記』には、シンケルの作品についての清冽《せいれつ》な印象が綴られているが、実際にベルリンを訪れてみると、建築家シンケルが、一九世紀ドイツ発展期の首都を、いかに歴史的な陰影をもって彫琢《ちょうたく》したかが理解できる。谷口は「建築こそは歴史の花である」と書いた。鷗外もまた古典主義的なシンケルの作品に「歴史の花」を感じていたであろう。それが彼の小説に影響を与えないはずはない。二葉亭のペテルブルグ、鷗外のベルリン、漱石のロンドン、荷風のパリとリヨン、日本の近代文学は、こういったヨーロッパ諸都市へのまなざしとともにスタートを切ったのだ。

ウンター・デン・リンデンという大路を中心に堂々たる建築が軒をつらねる帝都ベルリンで、恋する女性か国家の責務かという懊悩《おうのう》の末、鷗外は後者を選択して帰国する。のちにそのエリスのモデルとなった女性がはるばる日本まで訪ねてくるが、鷗外と森家は国家における立場を重視して彼女を説得し帰国させる。しかしそういった葛藤が彼をして、国家の責務から逸脱する文学の空間に身をおくことを求めさせたのであろう。

後年、この国家的責務と文学的表現との葛藤に共感したのが三島由紀夫であった。

鷗外の『雁』という作品には、帝大医学部にかよう未来ある学生と、金貸しの旦那に囲われた薄幸の女性との、そこはかとないふれあいが描かれている。無縁坂の上は国家の未来を、坂の下は社会の因習を象徴し、『舞姫』における、ウンター・デン・リンデン（新・明）と、クロイステル街（旧・暗）の都市構造を東京に移した感がある。

鷗外は長州閥の力もあり（津和野は長州に接し、山県有朋の後押しがあった）、軍医総監という専門家としては最高と思われる地位に上り詰める。近代文学史上もっとも社会的地位の高い作家であったかもしれない。しかし脚気を巡る見解において麦飯の効用を否定して多くの兵を死なせたこともあり、現実生活は順風満帆というわけではなかった。乃木将軍の殉死に動かされ、そののちは『阿部一族』など殉死を主題とする歴史物に没頭する。

軍人としての自己と、文学者としての自己を峻別し、軍服を着ているときに文学上の友人が親しく話しかけるのを嫌ったという。

これもまた一つの明治的な精神であった。

建築家になろうとした作家　夏目漱石

建築家になろうとして、文学者となった男がいる。

夏目漱石(一八六七‐一九一六)である。大学で専門を選ぶときに、いったん建築学科を志向し、友人の忠告で英文学科に転じ、やがて挫折して、四〇近くになってから作家となった。

建築家を志した理由を、漱石自身次のように語っている。

「自分は元来変人だから、此儘《このまま》では世の中に容れられない。—中略— 此方が変人でも是非やって貰はなければならない仕事さへして居れば、自然と人が頭を下げて頼みに来るに違いない。さうすれば飯の喰ひ外れはないから安心だといふのが、建築学科を択んだ一つの理由。それと元来僕は美術的なことが好きであるから、実用と共に建築を美術的にして見ようと思ったのが、もう一つの理由であった。」(『落第』)

自分が変人であることを認め、実用と芸術の両面をそなえる建築をめざしたという。しかしそこにもう一人の変人がいた。

「ある日此男が訪ねて来て、例の如く色々哲学者の名前を聞かされた揚句の果に君は何になると尋ねるから、実はかうかうだと話すと、彼は一も二もなくそれを却《しりぞ》けてしまった。其時《その》かれは日本でどんなに腕を揮ったって、セント・ポールズの大寺院のやうな建築を天下後世に残すことは出来ないぢやないかとか何とか言って、盛んなる大議論を吐いた。そしてそれよりもまだ文学の方が生命があると言った。」

（談話筆記『処女作追懐談』）

この米山という哲学志望の友人の進言によって、漱石は帝国大学文科大学英文科に入学する。正岡子規と知り合うのもこのころだ。

鷗外に遅れること五年、夏目漱石は明治維新の前年、江戸牛込に生まれた。現在の新宿区、早稲田大学の近く。家の前の坂が夏目坂と呼ばれているのは文豪漱石にちなんでのことではなく、夏目家が代々そのあたりの庄屋だったからである。少年時代は趣味的な漢学をとるか、実用的な洋学（英学）をとるかで迷っている。

結局英文学科を選択した漱石は秀才で、周囲には学者としての期待があったようだ。大学院に進んだが、明治二八年、ちょうど日清戦争の講和条約が締結されるころ、『坊っちゃん』でおなじみの松山中学に赴任する。その後、熊本五高の教師を経て、三十歳を過ぎてロンドンに留学、精神を病んで帰国した。

このころのロンドンは大気汚染がひどく、また物価も高く、文部省から支給される費用では生活が苦しかった。漱石は当時の日本では抜群の英語力をもっていたが、会話の経験は少ない。ロンドンなまりをよく理解することができなかった。大学の受講をあきらめ、文学についてアイルランド人に教えを受けたが、この人の言葉もきわめて理解しにくかった。漱石は悲壮な覚悟をもって下宿に閉じこもり、博士論文となるべき「文学論」の執筆に取り組んだ。しかしその神経は衰弱をきわめ、ついに文部省は彼を保護する命を出す。日英同盟が締結された年、夏目漱石は敗残兵のように帰国した。

崩れるように故国の土を踏んだ漱石は、東京の千駄木に家を借り、辛うじて一高の英語講師の職を得る。このころの精神状態は『道草』という自伝的小説によく描かれているが、きわめて陰鬱なものであった。講師の立場は不安定で、神経衰弱がひどく、家族につらく当たったので、夫人と子供たちはしばらく実家に帰っている。ベルリンから帰って国家の重責を担った鷗外とは逆に、ロンドンから帰った漱石は「落ちこぼれ」であった。

その千駄木の家に、一匹の猫が迷い込むまでは。

明治三七年、日露戦争が勃発、二〇三高地が死屍累々《ししるいるい》となったころ、少し前に逝った親友正岡子規が遺した雑誌『ホトトギス』の編集者高浜虚子に頼まれ、学者仕事の合間の手すさびに、軽妙洒脱な時勢批判の筆を執った。

家に迷い込んだ子猫の眼を借りる。

題して『吾輩は猫である』。

これが受けた。

爆発的に受けた。

思いもよらず連載をつづけざるをえない。

作家の誕生である。

東郷平八郎率いる連合艦隊が日本海海戦に奇跡的な大勝利をおさめるのとほぼ同時期に、文豪夏目漱石は誕生した。この作戦を立案した秋山真之は、子規と同じ松山出身でその親友でもある。秋山は日本海海戦によって国民を驚喜させ、子規は『ホトトギス』によって国民的作家を生んだ。小さな田舎町が日本を変えたのだ。司馬遼太郎の『坂の上の雲』はそこを書いている。

勝利に酔った国民の一部がポーツマス講和の結果に満足せず、日比谷焼打事件を起こす。その混乱の中、みずからを吾輩と呼ぶ猫は歩きはじめる。猫が歩くにつれ、日本文学史上空前の巨峰が、英文学研究というヴェールを捨てて忽然と姿を現した。

居場所を失いつつあった男の前に、大きな空間が開けたのだ。それは文字によって築かれた空間、小説という建築であり、文学という都市であった。漱石の思念は、この空間に向かって堰を切ったように流れ出す。初期の作品は言葉の奔流である。

この「千駄木の家」のもちぬしは斉藤阿具という医者で、かつて森鷗外も住んだことがある。いわば文学の記憶をもつ空間であった。漱石は自分に似た帰朝者でありながら、医学者として社会での地歩を固め、しかもなお文名を高からしめていたこの先輩をどういう想いで眺めていたであろう。そして奇しくも明治日本を代表する二人の文豪を誕生させた家は、その内部にどのような魔力をひそませていたのであろう。

現在、犬山市の博物館明治村に移築されているので、私たちはその空間を実体験することができる。それは何の変哲もない、南側の庭に面した縁側にいくつかの座敷が接した典型的な日本家屋である。しかしそのごくあたりまえの間取りと、細く軽い木組みと、障子や襖や畳の風情に、何ともいえない柔らかさを感じもする。暗雲たれ込める遠い北の国で、重厚な煉瓦の壁に閉じこめられていた魂には、この軽さと柔らかさがうれしかったに違いない。「引窓をからりと空の明けやすさ」と詠んでいる。筆者は、このロンドンと千駄木の「空間的な落差」が、漱石という作家を生んだと考えている。

もちろん、『吾輩は猫である』の舞台である。

この家の主人、中学教師の苦沙弥は、どうも世間とは折り合いが悪く、そこに集まる連中もそれぞれプライドが高い。彼らは何かと時勢に反発する精神のもちぬしで、勝手な議論をもちあげては世間を批判する「泰平の逸民」。この家の座敷に集まって、庭を眺めながら駘蕩《たいとう》たる議論にふけっていた。つまりこの小説の主人公は、実は猫でもなければ苦沙弥でもなく、この「家」であり、庭に南面した座敷であるといった方がいいかもしれない。

ストーリーの基調となるのは、苦沙弥家の常連の一人で物理学徒の水島寒月（寺田寅彦がモデルとされる）と、経済的に豊かな金田家の令嬢との結婚話であり、この金田の母親のキャラクターが世俗そのもので、超俗の気概をもつ苦沙弥や常連たちと対立を生じる。金田家を訪れた猫は、次のような評価を下す。

「向う横町へ来て見ると、聞いた通りの西洋館が角地面《かどじめん》をわが物顔に占領している。この主人もこの西洋館の如く傲慢《ごうまん》に構えているんだろうと、門を這入《はい》ってその建築を眺めて見たがただ人を威圧しようと、二階作りが無意味に突っ立っている外《ほか》に何らの能もない構造であった。―中略―さすがに勝手は広い、苦沙弥先生の台所の十倍は慥《たし》かにある。先達て『日本新聞』に詳しく書いてあった大隈伯《おおくまはく》の勝手にも劣るまいと思う位整然とぴかぴかしている。」

猫は、豪勢な金田家から帰ったときの苦沙弥家の印象を「暗く、狭く、古い」としているが、漱石がこちらに思い入れしているのは明らかだ。

苦沙弥や迷亭と並ぶ逸民の一人、哲学者の独仙は次のようにいう。

「とにかく人間に個性の自由を許せば許すほど御互の間が窮屈《きゅうくつ》になるに相違ないよ。ニーチェが超人なんか担《かつ》ぎ出すのも全くこの窮屈のやり所がなくなって仕方なしにあんな哲学に変形したものだね。ちょっと見るとあれがあの男の理想のように見えるが、ありゃ理想じゃない、不平さ。――中略――これに反して東洋じゃ昔しから心の修行をした。その方が正しいのさ。見給え個性発展の結果みんな神経衰弱を起して、始末がつかなくなった時、王者の民蕩々《とうとう》たりという句の価値を始めて発見するから。無為にして化すという語の馬鹿に出来ない事を悟るから。」

つまるところは、世間がありがたがっている「西洋」と「近代」を批判しているのである。

ニーチェのニヒリズムを思想ではなく不平だといってのけるところに、独仙らしさと漱石らしさがある。「王者の民蕩々たり」「無為にして化す」といった言葉のもとは『老子』であろう。

漱石が、ある種の個人主義を標榜したことは知られているが、「個性発展の結果みんな神経衰弱を起し」という表現は、漱石作品全体にわたる主題でもあった。

明治四〇年、所有者が帰京することになって、漱石は近くの西片に移ったが、大家が有名作家から高い家賃を取ろうとするのに嫌気がさし、生まれ育った場所にほど近い、早稲田南町に移り、猫はそこに葬られた。現在は漱石公園となって家はないが（復元整備を考えているそうだ）、不思議に往時を偲ばせる霊気がただよっている。

筆者は何回か、テレビ番組で、明治村にある「千駄木の家」の解説をしたことがある。合計滞在時間はかなり長い。あやかろうと思ったが、文学的な魔力は乗り移ってくれなかったようだ。猫を連れていくのを忘れていた。

第二章　煉瓦と下宿

赤煉瓦の街　辰野金吾

ジョサイア・コンドルが工部大学校で教えた第一期生の中に、辰野金吾（一八五四‐一九一九）という勤勉な青年がいた。唐津藩（佐賀県）出身。同郷の高橋是清の引きがあったようだ。首席で卒業し、コンドルのあと工部大学校の教授となり建築学会を創設する。その後、東京に辰野葛西事務所、大阪に辰野片岡事務所を開設して設計に専念した。

初期の代表作は明治二九年の日本銀行本店（一八九六）であろうか。威厳を感じさせるクラシック様式であるが、その後は、赤煉瓦の壁を白い石でふちどり、いくつかのドーム屋根を配する「辰野式」と呼ばれるスタイルを確立し、全国に銀行建築などを多く手がけた。

両国国技館もその作になるが、後期の代表作は何といっても大正三年の東京中央停車場（東京駅）である。長く伸ばした両翼にややイスラム風のドームを載せる正面性の強い姿は、このほど復元されたが、今見ても優雅さを失っていない。アムステルダム駅にならったともされるが、西洋の様式をコピーしたわけでもなく、辰野式の完成形といっていいと思われる。明治建築の到達点である。

開業式の挨拶に立った大隈重信は「太陽が中心にして光線を八方に放つがごとし」と述べた。少し前、明治三九年には南満州鉄道（満鉄）が設立されている。この時代、鉄道は国家発展の象徴であり、東京駅は、日本のみならず大東亜に拡張する帝国の中心点として建設されたのである。

辰野式には、コンドルの作品に似た柔らかさと華やかさが感じられる。

今の建築界ではすべて辰野の功績ということになっているが、明治建築界の法皇と評される辰野自身は、八面六臂《はちめんろっぴ》に活躍する政治家的要素があったようだ。その建築の微妙な味わいには、事務所のまとめ役でもあり、ディテールを担当した葛西萬司の功績もあったと筆者は推測する。これまで萬司の孫（筆者の義母・故人）の話を何度も聞く機会があった。伊藤ていじは、製図工だった松本與作を取り上げている（『谷間の花が見えなかった時』彰国社）が、義母も「松本さんに聞けばいろいろ分かる」と語っていた。辰野の作品であることに異議を唱えるつもりはないが、詳細の多くを葛西、松本が造形したのではないか。残念ながら葛西家の資料はすべて戦災で焼けてしまった。戦争は人の命だけではなく、その国の記憶をも奪うものだ。

辰野のライバルは、大蔵省に拠点をおき、官庁営繕体制を確立した妻木頼黄《つまきよりなか》（一八五九－一九一六）である。妻木は、辰野の師コンドルのライバルであったエンデとベックマンの弟子でもあるから、二代にわたるイギリス派とドイツ派の対立といっていい。しかしこれはどちらも国家権力であろう。アカデミズムとビューロクラシー。近代国家の「知の力」には、学術的な現れ方と、官僚的な現れ方の、二つの方向があることを感じさせる。

さて、辰野式によって明治建築といえば赤煉瓦という印象ができあがったのであるが、日本という国は、世界でもっともといっていいほど、煉瓦と縁遠い国であった。

建築といえば、日本では木造、西洋では石造と考えがちだが、実は、世界の建築材料の主役は土であり、それを焼いた煉瓦である。ヨーロッパでも、中近東でも、インドでも、中国でも、東南アジアでも、アフリカ大陸でも、南北アメリカ大陸でも、日干しを含めれば、圧倒的に煉瓦造が多い。

日本に煉瓦建築が育たなかった理由は、建築に適した樹木に恵まれていたという風土的な理由とともに、仏教が中国から伝わったことにもよる。中国は、住居建築は塼《せん》と呼ばれる煉瓦でつくるが、宗教建築や宮殿建築は木でつくる。東南アジア諸国は、仏教がインドからスリランカ経由で伝わったために、アンコールでも、ボロブドゥールでも、パガンでも、アユタヤでも、宗教建築は石造あるいは煉瓦造である。

そのため、明治となっても日本には煉瓦造がなかなか根づかなかった。ウォートルスの銀座煉瓦街に入居者がつづかず、結局は失敗に終わったのもうなずける話なのだ。住居建築は風土的な条件を越えにくいのである。

とはいえ、西洋追随の文明開化だ。イギリスやドイツを手本とした明治日本には、銀行、会館、駅舎といった公共建築を中心に、赤煉瓦の洋風建築が広がっていった。

しかしそれは、きわめて明治的な現象であって、大正時代からはモダニズムの導入によって、土を焼いたタイルや成型のテラコッタが、関東大震災以後は耐震性の要求によって、鉄筋コンクリートが主役となっていく。

東京駅をはじめとして今も全国に残る辰野式の赤煉瓦建築もまた、明治的な精神の結晶といっていいであろう。

鈴木禎次という建築家　『三四郎』

小説家夏目漱石の時代は、建築家辰野金吾の時代と重なる。

つまり漱石の視野に、辰野式赤煉瓦建築が次第に大きな部分を占めていくのだ。先に、ロンドンと千駄木の空間格差が作家を生んだと述べたが、もう一つ、日本にロンドン風

東京駅

の赤煉瓦建築が広がる衝撃が漱石の作品を色づけたともいえる。

筆者（若山）はそこに登場する建築の分析から、漱石の長編小説を『三四郎』までの前半期と『それから』以後の後半期に分けている（一般的とはいえないが、吉本隆明はこの分け方をとる）。そして前半期の小説には、登場人物とその住まいとの関係にはっきりしたパターンがある。

第一のパターンは『吾輩は猫である』の猫、『坊っちゃん』の坊っちゃん、『三四郎』の三四郎といった、狂言まわし的な役割をもつ若い主人公であり、文学的キャラクターとしてはニュートラルな存在で、その住まいにもこれといった特色がない（猫はやや特殊）。

第二のパターンは『坊っちゃん』のマドンナ、『虞美人草』の藤尾、『三四郎』の美禰子といったヒロインであり、彼女たちはみな美貌で驕慢、男を手玉にとるようなところがあり、主人公はその女性にひかれはするものの結ばれることはない、棘をもった薔薇のような近くて遠い存在である。彼女たちは共通して、豪壮な洋風の建築におかれている（マドンナはやや特殊）。

第三のパターンは、『吾輩は猫である』の苦沙弥、『草枕』の「余」、『三四郎』の広田などで、いずれもどこか時勢に反発し、超然とした姿勢を保つ、漱石自身らしい壮年の知識人である。彼らは決まって、素朴で古錆びた和風の家に住む。これは「南画的世界」と呼ばれ、江藤淳は漱石の「最も内奥の隠れ家」と表現した。

物語の中では、第二と第三のパターンすなわち「洋風」（西洋風建築）と「和風」（南画的世界）、二つの空間が対立し、第一のパターンに属する主人公は、そのあいだを揺れ動くが、洋風の家に住む女性にはどこか抵抗があり、むしろ和風の家に住む知識人の方に共感を抱く。

たとえば『三四郎』における真砂町の美禰子の家は、第二のパターンの典型で、いかにも華麗な洋風建築である。

「門は締っている。潜《くぐ》りから這入ると玄関までの距離は存外《ぞんがい》短い。長方形の御影《みかげ》石《いし》が飛び飛びに敷いてある。玄関は細い奇麗な格子《こうし》で閉《た》て切ってある。電鈴《ベル》を押す。―中略―重い窓掛《まどかけ》の懸《かか》っている西洋室である。少し暗い。―中略―正面に壁を切り抜いた小さい暖炉がある。その上が横に長い鏡になっていて前に蠟燭立《ろうそくたて》が二本ある。三四郎は左右の蠟燭立の真中に自分の顔を写して見て、また坐《すわ》った。するとの方でヴァイオリンの音がした。」

ヴァイオリンを前奏に、美禰子は三四郎の見入る鏡に姿を写しつつ登場する。

この美禰子は、三四郎が池の前で出会ったことから「池の女」と呼ばれ、また現実にもその池が「三四郎池」と呼びならわされているので、池ばかりが強調されるが、そのシーンの背景に「派手な赤煉瓦のゴシック風の建物」があることを見逃してはならない。美禰子はまさに西洋建築を擬人化したような、キリスト教的な罪の観念と、近代的な自我とをあわせもつ存在で、三四郎を翻弄し、「ストレイ・シープ」（迷える子羊）という言葉を残して、風のように立ち去る。

また美禰子がゴシックなら『虞美人草』の藤尾はバロックで、甲野家の麗々しいフランス風のインテリアに飾られた書斎におかれ、この書斎が野心家の小野を引きつけるという設定である。「西洋風」は富貴権門の美女に結びついている。

一方、『草枕』の冒頭で、「智に働けば角が立つ。情に棹させば流される。意地を通せば窮屈だ」と、主人公の画工がつぶやきながら分け入っていく深山幽谷は、第三のパターンの典型で、いかにも「南画的」である。

「茫々《ぼうぼう》たる薄墨色《うすずみいろ》の世界を、幾条《いくじょう》の銀箭《ぎんせん》が斜めに走るなかを、ひたぶるに濡れて行くわれを、われならぬ人の姿と思えば、詩にもなる、句にも詠《よ》まれる。有体《ありてい》なる己《おの》れを忘れ尽して純客観《じゅんかっかん》に眼をつくる時、始めてわれは画中の人物として、自然の景物と美しき調和を保つ。」

みずからを「余」と称するこの主人公は、山の中のひなびた温泉宿に長逗留する。その若女将の過去に興味を抱いて物語は展開するが、「余」は一定の距離を保って泰然としている。南画的世界とは、中国南部に広がった文人画（水墨）の世界で、日本では、和歌や俳句や茶の湯といった風流と一体化し、知を権力から切り離す超俗の空間となっていた。

実際、この時代の洋風住宅は、コンドルが設計したのが三菱の岩崎家や宮家の住宅であることからも分かるように、明らかに富と権力の象徴であった。たとえば、明治村に移されている西郷従道邸を、その周囲にある漱石や露伴や啄木の和風の住居と比べてみると、群臣を睥睨《へいげい》する女王のように君臨する観がある。現在のように価値観が平均化した社会では想像できないような、住居様式という権力表象が存在したのだ。

子供のころから漢学を学び俳句をやった漱石にとって、南画的世界は故郷に似た匂いをもつ。いわば血肉となっている。また一方で漱石は、続々と洋風建築が建ちはじめた本郷で学びながらも時勢に適応できず、石と煉瓦の建築に囲まれたロンドンで神経衰弱におちいってもいる。そうした履歴をもつ知性にとって、この空間対立は必然的なものであった。

さて、この漱石作品のヒロインと洋風建築との関係について、一つのエピソードを紹介したい。

筆者は、東京の設計事務所で十年間働いたあと、名古屋工業大学に助教授として赴任した。研究室の窓外には「プロフェッサー・スズキの功績を記念して」と英語で書かれたイオニア式の双柱が建っている。その鈴木禎次（一八七〇－一九四一）は、辰野金吾の弟子に当たり、静岡県出身、帝国大学を出たあと、イギリス、フランスに留学、名古屋高等工業建築科創設期の中心的な教授となって、いとう呉服店（現松坂屋）、名古屋銀行（旧東海銀行の前身）など、中部地方の洋風建築を一手に設計した。大学の前の鶴舞公園にある噴水塔と奏楽堂も彼の設計で、通勤時にはこれらがいやでも眼に入る。実はこの鈴木禎次は、夏目漱石の義弟でもあった。

筆者は、漱石作品の中に登場する建築を研究する過程で、例の美しくも驕慢なヒロインのモデルが、漱石夫人鏡子の妹、建築家鈴木禎次の妻、時子ではないかという思いを抱きはじめた。

漱石は見合い結婚である。相手は内閣書記官長中根重一の娘で、見合いは虎ノ門の洋風官舎で行われた。のちに出版された夫人の回顧録によれば、そうとうの豪邸で、一介の田舎教師だった漱石は圧倒されたであろうことが読みとれる。またここで漱石は、二人の娘と会っている。姉の鏡子と、妹の時子で、時子は漱石の顔にアバタがあるのを見て笑い、周囲にたしなめられたという。

結局、漱石は鏡子と結婚し、時子は鈴木禎次と結婚する。

当然、漱石にとって時子のイメージは常に洋風建築とともにある。筆者にとってもそうである。

筆者は名古屋工業大学を退官するとき、その同窓会に、組織に勤める建築家を奨励する趣旨の「鈴木禎次賞」を発案して、創設された。その際、東京新聞に掲載された記事を見た鈴木禎次の孫から寄付協力の連絡があった。早速お会いして話を聞いたところ、時子は大変な美人で、洋風で、きわめて気の強い女性であり、大学では威厳のあった禎次も家では尻に敷かれていたという。それに比べて姉の鏡子は、和風の控えめな性格であったという。

そういえば、『坊っちゃん』には清《きよ》(漱石は夫人をキョウと呼んでいた)、『虞美人草』には小夜子、『三四郎』にはよし子という、和風で控えめな女性も登場する。主人公は美しくも驕慢なヒロインに惹かれながら、むしろその和風の女性の側に立っている。

筆者の頭の中でぼんやりとしていたモデル像が現実味を帯びてきた。

漱石の作品は男女関係を基本に展開され、特に後半の小説には道ならぬ恋が描かれているので、文芸評論家は隠れた恋人を探すのにかまびすしく、江藤淳の兄嫁登勢説は大きな脚光を浴びた。筆者は、母校の教授でもあり処女作出版の世話にもなったこの批評家を、文学的な意味で尊敬しているが、この説にはやや賛同しかねる。どうも漱石がそうしたタイプの人間とは思えないのだ。

鏡子と時子は仲の良い姉妹で、しょっちゅう行き来し、親戚嫌いでとおっていた漱石も、この鈴木夫妻とだけは親交が厚かった。もちろん時子を隠れた恋人とはいえないが、漱石の心に何らかの作用を及ぼし、それが作品にも反映されていることは十分考えられるではないか。

江藤の兄嫁登勢説は、主として後半期の小説からくるものだが、例えば『それから』における主人公の兄嫁梅子、『明暗』における吉川夫人などのモデルに時子を想定しても不自然ではない。現実生活においても「兄嫁」という立場と「義妹」という立場は、転じる可能性がある。

辰野金吾の子息でフランス文学者の辰野隆は、漱石の影響を深く受けた。

修善寺大患のあと、漱石の胃病が死に至るまで悪化したのは、精養軒で行われた隆の結婚式で食べ過ぎたことが原因ともいわれている。当然、漱石は金吾とも面識がある。

隆は東京帝大仏文科の名物教授となった。三好達治、太宰治、小林秀雄はその弟子、大江健三郎は孫弟子に当たる。また京都大学の建築学科を創設した武田五一は名古屋高等工業から移ったので鈴木と関係が深い。中部地区以西の建築界はこの流れのもとにある。

辰野家、夏目家、鈴木家の関係をつうじて、明治から大正にかけての建築界と文学界に一つの環があること、それが大きな山脈を形成していることを感じないではいられない。筆者が、辰野金吾のパートナー（事実上は弟子の立場であったが）の曾孫を妻とし、夏目漱石の作品を研究し、大学において鈴木禎次のような立場（それほど偉くはないし、それほど恐妻家でもないが、設計教育の責任者）となったことにも、不思議な縁を感じないではいられない。

プロフェッサー・スズキの記念碑の魔力が働いたのであろうか。

近代への不安　『こころ』

しかし漱石は変化する。

夏目漱石

前半期の小説は爽快なところが目立つが、後半期の小説は苦悩に満ち、その舞台となる建築も陰鬱《いんうつ》である。

主な舞台となるのは、洋風でもあり和風でもありモダンでもあり、品があっても豪壮ではないといった住まいで、『それから』における代助の家、『彼岸過迄』における須永の家がこれに当たり、『こころ』の「先生」の家もこれに準ずる。それはある種の社会的成功を意味しながらもどこか空虚な空間である。

後半期の主人公は、漱石の分身であろう、比較的豊かな知識人であるが、決して幸福ではない。よくいわれる「高等遊民」という言葉が適切かどうかは別にしても、共通して表れているのは、前半のような「社会的類型としての反骨」ではなく、「個人的症状としての不安」である。

建築家を志したことのある漱石は、作品の中にも「ヌーボー式」「セゼッション」（日本では通常ゼツェッシオンとドイツ語表記するが漱石は英語読みである）といった言葉が登場し、近代建築のムーブメントが鋭敏に反映されているが、その住まいがモダンなものとなるにしたがって、主人公の精神は、キルケゴール的な匂いも感じさせる茫漠たる不安の海に投げ込まれるのだ。

その不安は最後の弟子となった芥川龍之介にも受け継がれた。漱石はこの若者に「牛のように歩め、人間を押せ」と忠告したが、彼はそれを守らなかった。できたばかりの帝国ホテルを舞台にして『歯車』を書いたあと「ぼんやりした不安」を理由にみずから命を絶ったのである。

東京駅の開業式で、大隈重信が「光線を八方に放つがごとし」と演説した大正三年、漱石は『こころ』を発表する。

この小説で重要なのは、現在の「先生の家」と、過去の「先生の下宿」である。物語は、学生である「私」が、鎌倉の海で「先生」と出会うところから始まり、その精神的なつながりを描くかたちで進行し、「先生」から「私」への長い告白の手紙で完結を迎える。

「私」が訪ねる「先生」の家は、東京の、通りより少し奥まった閑静な一角であるという以外に場所が特定されない（漱石の小説では珍しい）。「私」の眼にさらされるのは、書斎と食卓の様子である。

「書斎には洋机《テーブル》と椅子の外《ほか》に、沢山の書物が美くしい脊《せ》皮《がわ》を並べて、硝子《ガラス》越《ごし》に電燈の光で照らされていた。」

「食卓は約束通り座敷の縁《えん》近くに据えられてあった。模様の織り出された厚い糊《のり》の硬《こわ》い卓布《テーブルクロース》が美くしくかつ清らかに電燈の光を射返《いかえ》していた。先生のうちで飯《めし》を食うと、きっとこの西洋料理店に見るような白いリンネルの上に、箸《はし》や茶碗《ちゃわん》が置かれた。そうしてそれが必ず洗濯したての真白《まっしろ》なものに限られていた。」

この書斎は一見洋風だが、『虞美人草』に登場する甲野家の麗々しいバロック風の書斎とはおもむきを異にし、「日あたりの良い、憐れな虫の声」と、日本的な風情が感じられると同時に、西洋事情につうじた学者らしい近代性も感じとれる。座敷の食卓では「西洋料理店に見るような洗濯したての白いリンネル」が強調される。全体的にこの家は和風であるが、内部の雰囲気はそれまでの漱石作品と比べてかなり近代化されているのだ。総じて「モダンなる白」(それまでの漱石作品の家と比べて)が、この家の印象である。その「先生」との親交を深めつつあった「私」は、卒業を機にいったん国元へ帰る。その「実家」は古色蒼然として、「先生の家」の新しさに対置されている。

危篤の父親を見守る「私」に「先生」からの手紙がとどき、その文面に「先生」の自死の決意が読みとれる。父親と「先生」の死にひきさかれつつも、「私」はいそぎ東京行きの汽車に乗り込み、車中、長い手紙を読みながら「先生」と「奥さん」の若いころの物語にひきこまれていく。劇中劇のような設定であるが、その舞台が「先生の下宿」である。

学生時代の「先生」は、「本郷台を西へ下りて小石川の坂を真直に伝通院《でんずういん》の方へ上がる」ところにある「素人下宿」の「宅中で一番好《い》い室《へや》」を借りる。

「室の広さは八畳でした。床《とこ》の横に違《ちが》い棚《だな》があって、縁《えん》と反対の側には一間《いっけん》の押入《いれ》が付いていました。窓は一つもなかったのですが、その代り南向《みなみむき》の縁に明るい日が能《よ》く差しました。」

「御嬢さんの部屋は茶の間と続いた六畳でした。奥さんはその茶の間にいる事もあるし、また御嬢さんの部屋にいる事もありました。つまりこの二つの部屋は仕切《しき》りがあっても、ないと同じ事で、親子二人が往《い》ったり来たりして、どっち付かずに占領していたのです。」

御嬢さん（現在の「奥さん」）は、「先生」の部屋の床の間に花を生け変えて、向かいの部屋で琴を弾いて聴かせるという歓待ぶりであった。しかしそこへ「先生」の親友のKがやってくる。「先生」は精神的に衰弱気味のKをひきとり、「先生」の座敷の「控えの間というような四畳」に住まわせる。

「先生」の八畳、御嬢さんの六畳、「奥さん」（現在の「奥さん」の母親）の茶の間、Kの四畳、この四つの部屋がこの家の四人の関係をみごとに象徴している。「先生」はこの家でもっとも大事にされる立場にあり、御嬢さんはまだその母親の監視下におかれ、Kは「先生」の「控えの間」にいる居候的存在である。そしてこの閉ざされた空間における四人の物語がこの四つの部屋の関係性において進行する。

「私は急ぎ足に門前まで来て、格子《こうし》をがらりと開けました。それと同時に、私は御嬢《おじょう》さんの声を聞いたのです。声は慥《たしか》にKの室《へや》から出たと思いました。玄関から真《まっ》直《すぐ》に行けば、茶の間、御嬢さんの部屋と二つ続いていて、それを左へ折れると、Kの室、私の室、という間取《まどり》なのですから、何処《どこ》で誰の声がした位は、久しく厄介になっている私には能《よ》く分かるのです。私はすぐ格子を締めました。すると御嬢さんの声もすぐ已《や》みました。」

それは、秘密めいた二人の関係に対する「先生」の嫉妬の芽生えであった。四人は、この隣接する四つの部屋の、姿は見えないが声や物音は聞こえるという状況において微妙な心理的葛藤を演じざるをえない。

あるとき「先生」とKは房州を旅行する。真剣に宗教の話などをしながら、「先生」は

Kに御嬢さんへの恋心をうちあけようとするが果たせない。東京に帰ってから逆に、Kから御嬢さんへの想いをうちあけられる。

二人の関係は急速にぎくしゃくしはじめた。思い悩んだあげく、ついに「先生」は、Kも御嬢さんもいないとき、茶の間で「長火鉢の向側から給仕をしてくれた」「奥さん」に、「御嬢さんを私に下さい」と切り出した。もともと資産家で将来性のありそうな「先生」を、そういった対象として考えていた「奥さん」は、ただちにこの申し出を承知する。

そしてしばらくののち、「先生」は「枕元から吹き込む寒い風でふと眼を覚《さま》し」隣の部屋にKの死体を発見するのであった。

下宿の内部構造が、物語の展開と密接に結びついていることが理解されよう。それぞれの部屋は、そこに住む四人の立場と、その微妙な人間関係の交錯と、次第に熱を帯びる閉塞的な心理状態を表現する空間装置として機能し、あたかもミステリー小説を読むかのごときリアリティをもって私たちの眼前に立ち上がってくる。これだけの文学的熱を帯びた空間も珍しい。

この「先生の下宿」は、話（手紙）の中の、過去の空間でありながら、つまり虚構の中の虚構でありながら、現在（小説全体における現時点）の「先生の家」とは対照的な、のっぴきならない人間関係の空間としての粘着力をもっている。現在の「先生の家」は、その濃密な関係からくる精神の桎梏《しっこく》を逃れようとする「白の空間」なのだ。

Kの死は、「先生」の心にも、死に匹敵するほどの継続的損傷《トラウマ》を残した。

「私はただ人間の罪というものを深く感じたのです。その感じが私をKの墓へ毎《まい》月《げつ》行かせます。―中略―私はその感じのために、知らない路傍《ろぼう》の人から鞭《むち》たれたいとまで思った事もあります。こうした階段を段々経過して行くうちに、人に鞭たれるよりも、自分で自分を鞭つべきだという気になります。自分で自分を鞭つよりも、自分で自分を殺すべきだという考《かんがえ》が起ります。」

この、主人公の自死を書いてから二年後に、自伝的な『道草』と未完の『明暗』を残し、漱石もまた死を迎える。これもまた明治的な精神であった。

しかし同時に、漱石は大正という時代を用意する精神でもあった。

先に述べたように、漱石が文学者として活躍した時期は、ちょうど辰野式の全盛期である。当然強い印象を受けたであろう。しかし抵抗があったとは思えない。夫人の回顧録によれば、漱石は、作品の中では開化（洋化）の時勢を批判しながらも、西洋の文化につうじていることを誇るところもあったようだ。

それにしても、漱石の苦悩は多くの日本人に寄り添い、漱石の光輝は多くの日本人を勇気づけた。何かしら「恩寵《おんちょう》」のようなものを感じざるをえない。

筆者も漱石に出会わなかったら、ものの考え方が変わっていただろうと思う。

文学を生んだ下宿　『蒲団』

明治四〇年、自然主義文学の典型とされる田山花袋（一八七一－一九三〇）の『蒲団』が発表される。これも東京の下宿が舞台であり、一階と二階の空間的関係において、年の離れた男女の微妙な接触が語られる。

副業に地理書の編集をしている中年の作家竹中時雄が、神戸女学院出身で作家志望の才媛芳子にひかれていく話である。芳子は、地方では素封家の娘で、当時の女学生はきわめて先進的な存在であった。

「美しいこと、理想を養うこと、虚栄心《ヴァニチー》の高いこと——こういう傾向をいつとなしに受けて、芳子は明治の女学生の長所と短所を遺憾なく備えていた。」（「岩波文庫」以下この節同じ）

時雄は、その文名をしたって訪ねてきた芳子を家におくと何かと問題が生じることを感じて、姉の家に預けて文学の手ほどきをするが、芳子に恋人ができると、激しい嫉妬にかられ、芳子を監督するためという理由で、牛込矢来町にある自宅の二階に住まわせる。

「矢来町の時雄の宅、今まで物置きにして置いた二階の三畳と六畳、これをきれいに掃除《そうじ》して、芳子の住居《まい》とした。久しく物置き——子供の遊び場にしておいたので、塵埃《ちり》が山のように積もっていたが、箒《ほうき》をかけ雑巾《ぞうきん》をかけ、雨のしみの付いた破れた障子をはりかえると、こうも変わるものかと思われるほど明るくなって、裏の酒井の墓塋《はか》の大樹の繁茂《しげり》が心地《ここち》よき空翠《みどり》をその一室にみなぎらした」

「机を南の窓の下、本箱をその左に、上に鏡やら紅皿《べにざら》やらびんやらを順序よく並べた。押入れの一方にはシナ鞄、柳行李、更紗《さらさ》の蒲団《ふとん》夜具の一組を他の一方に入れようとした時、女の移《うつ》り香《が》が鼻をうったので、時雄は変な気になった。」

物置と子供の遊び場であった三畳と六畳が「机、本箱、鏡、紅皿、鬢《びん》」などによって、芳子の空間に塗り替えられる。二階はいわば「家の中の異界」となった。芳子と時雄の関係は、それまでの文学的師弟から恋愛相談相手となるが、心の奥で芳子に恋心を抱いている時雄は、煩悶《はんもん》の色を隠せず、時に狼狽《ろうばい》し、周囲の顰蹙《ひんしゅく》を買うほどとなっていく。結局芳子は、東京に出てきた父親とともに実家に帰る。しかし時雄は未練を断ち切れず、芳子が去ったあと、独りその二階の部屋に入る。

「時雄は雪の深い十五里の山道と雪に埋《うず》もれた山中の田舎町とを思いやった。別れた後そのままにして置いた二階に上った。懐かしさ、恋しさの余り、微《かす》かに残ったその人の面影《おもかげ》を偲《しの》ぼうと思ったのである。武蔵野《むさしの》の寒い風の盛《さか》んに吹く日で、裏の古樹には潮《うしお》の鳴るような音がすさまじく聞こえた。別れた日のように東の窓の雨戸を一枚明けると、光線は流るるように射《さ》し込んだ。机、本箱、びん、紅皿《べにざら》、依然として元のままで、恋しい人はいつものように学校に行っているのではないかと思われる。時雄は机の抽斗《ひきだし》を明けて見た。古い油の染《し》みたリボンがその中に捨ててあった。時雄はそれを取って匂《にお》いをかいだ。しばらくして立ち上がって襖《ふすま》を明けて見た。大きな柳行李《やなぎごうり》が三個細引《ほそびき》で送るばかりにからげてあって、その向こうに、芳子が常に用いていた蒲団《ふとん》―萌黄《もえぎ》唐草《からくさ》の敷蒲団と、綿の厚く入った同じ模様の夜着《よぎ》とが重ねられてあった。時雄はそれを引き出した。女のなつかしい油のにおいと汗のにおいとが言いも知らず時雄の胸をときめかした。夜着の襟《えり》のビロードの際立《きわだ》って汚《よご》れているのに顔を押しつけて、心のゆくばかりなつかしい女のにおいを嗅いだ。

性慾と悲哀と絶望とがたちまち時雄の胸を襲った。時雄はその蒲団を敷き、夜着をかけ、冷たい汚れたビロードの襟に顔を埋《うず》めて泣いた。

薄暗い一室、戸外《おもて》には風が吹《ふ》き暴《あ》れていた。」


女の匂いの残る布団の襟に顔をうずめて泣くという、人口に膾炙《かいしゃ》した最終場面だ。長い引用をしたが、客観的、写生的な描写によって登場人物の精神を表現する典型的な自然主義の文体で、建築の室内描写としても重要なものと思われる。

そのままに置かれた小道具が不在の人を偲ばせるというのはよくあるが、布団や着物の匂いとなると性的な意味を帯びてくる。それが身体を包むものだからで、のちに扱う江戸川乱歩や谷崎潤一郎の作品にも見られるように、人間の居住空間には、そういった「身体の延長」としての意味があるのだ。

この小説は、花袋の女弟子との関係を自己暴露したもので、いわゆる「私小説」のはじまりとされ、近代日本文学に大きな衝撃を与えた。花袋は栃木県（当時）館林の生まれ、父親は警察官で西南戦争に従軍、戦死している。晩年は文壇の主流から外れていたが、紀行文を残し、名勝地誌などを執筆、監修した。

一階と二階の関係は『浮雲』と似ているが、ここでは主人公すなわち作者と読者の意識が一階にあり、二階に住む芳子を下から見上げるという構図で、視線の方向は逆である。しかし一階はここでも「世俗」であり、主人公が、本来超俗たるべき作家であるにもかかわらず、家族もあり、文壇における世間体もあり、その世俗性を捨てられないという「現実性」が作品のモチーフとなっている。

ところが、時代性は芳子の方にある。時雄は、女性でありながらも知性、個人、自由恋愛といった新しい風を受けている芳子に羨望と嫉妬のまなざしを向けているのだ。『浮雲』では、昇やお政といった世俗的な人物の方が時勢を象徴したが、ここでは逆である。

そこには明治二〇年と四〇年という、日清戦争も日露戦争も含まれる「時間の落差」があるのだろう。

明治二〇年といえば、まだ伊藤博文や井上馨が条約改正のために鹿鳴館で踊り、壮士たちが悲憤慷慨した時代の末期であり、「洋化」が時代の風潮。二葉亭はそういった時代に生きた。しかし明治四〇年の日本は、すでに産業革命が進行し、強国ロシアを撃ち破って一等国の仲間入りをしつつあり、そして刻々と「青鞜社」などに代表される「大正モダニズム」の足音が近づいていた。明治という時代、たたみ込むように押し寄せる「西洋」と「モダン」の波間で、その都市や建築の空間の変化と、個人や自由や進歩といった価値観の変化とのあいだで、人々は揺れ動いている。

夏目漱石の『こころ』における「先生の下宿」は、この二つの時代のあいだにあり、「先生の家」は、あとにある。そして漱石の前半期の小説は、建築空間が時勢に対する追随と反発を表すという点で『浮雲』に似ているし、後半期の小説は、一つの家の内部で人間的葛藤が演じられるという点で、『蒲団』に似ている。もちろん影響はあるのだろう。『こころ』の少し前に書かれた『彼岸過迄』という作品においては、『浮雲』の舞台である小川町と、『蒲団』の舞台である矢来町が舞台となっている。また「先生の下宿」のあった伝通院あたりは、二葉亭の『平凡』の後半に出てくる下宿屋と「お糸さん」という女性の話をうかがわせる。こういったことは、偶然とは思えないような一致で興味深い。筆者は文学というものに無意識における影響関係を感じるが、虚構には虚構のＤＮＡがあるのだろう。もっとも、このころの文士たちの居住範囲が、意外に狭いものであったことも事実である。

「文三の二階」「先生の下宿」「芳子の二階」「先生の家」、この四つの空間の様相には、やはりその時代の東京の建築の変遷が表れている。「文三の二階」は、古いタイプの木造住宅に急ごしらえした、まさに浮き雲のような二階であった。「先生の下宿」は、未亡人に経営された、ある意味で生活化した下宿であった。「芳子の二階」には、作家を志す女学生にふさわしいそれなりのプライバシーが成立していた。「先生の家」は、すでに「白いモダニズム」に染まりつつあった。そして同時にそれが、そこに住む人物の性格と時代精神の変遷を表してもいる。われわれは明治という時代に一定のイメージを抱きがちだが、文学の中の建築に日本人の思想と生活の急速な変化が読みとれる。

江戸期において、一般住宅はほとんどが平屋で、二階建ては、旅館、遊郭、風呂屋などに限られていたから、落語で「二階」といえばそのまま「湯屋の二階」を意味するほどで、それが庶民の社交の空間となっていた。しかし明治以後の東京には、地方から流入する若い人を収容するために、小さいながらも二階建ての住居が雨後の筍のように出現した。

日本社会は、家の内部のプライバシーが希薄である代わりに、家の外の他人に対しては、「世間様」として公的なものを意識する。つまり家の内部と外部を峻別する。しかし文明開化の時代、人々は従来の日本的慣習から離れ、個人主義に向かい、特に若い男女は、西洋風の自由恋愛に向かっていた。そこに登場した二階は、日本の家の中でかろうじて独立性を保つ空間であり、玄関から世俗につながっている一階に対する別世界を形成した。


近代とは有為の若者たちが全国から東京に参集する時代であり、その周縁から中心への移行過程に生じる力をダイナモとして、国家は文明の鉄路を驀進《ばくしん》したのである。中央集権とは、単に中央の支配力を地方に及ぼすことだけではなく、地方に潜在する力を中央に吸収することをも意味したのであり、そこに「上京者のまなざし」というものが成立する。その地方と東京の、つまり旧日本と新日本の「落差を含んだまなざし」が文学的ポテンシャルとなったのではないか。文三も、芳子も、また三四郎も、「先生」も、「私」も、地方から東京に出てきた若者たちであった。

江戸の長屋が落語を生んだように、東京の下宿が小説を生んだ。

明治期を総じて、西南戦争、日清戦争、日露戦争と、時代は大きく変化し、文明の進展に応じて、日本人の自意識も大きく変化した。文学的自我は、コンドルが育て、辰野が広げた赤煉瓦の洋風建築を背景にして、「境界空間」としての下宿に育ったといえようか。その建築と文学の結節点に、夏目漱石が立っている。二葉亭も、鷗外も、漱石も、また自然主義者も、日本とヨーロッパとの関係において、その文学空間を構築したのであった。

社会建築文学年表　明治・大正・昭和

年号	社会	建築	文学
1890（明23）	議会開設 1890		舞姫 1890
		ニコライ堂 1891	五重塔 1891
	日清戦争 1894	三菱一号館 1894	
			たけくらべ 1895
		日本銀行本店、岩崎久彌邸洋館 1896	
			武蔵野 1898
			不如帰 1899
1900（明33）			
	日露戦争 1904		
			吾輩は猫である 1905
			蒲団 1907
			三四郎 1908
		両国国技館 1909	田舎教師、フランス物語 1909
1910（明43）	韓国併合 1910	赤坂離宮 1910	白樺派、一握の砂、家 1910
			雁、刺青、少年 1911
1912（大元）			
		東京駅 1914	こころ 1914
		豊多摩監獄 1915	
			田園の憂鬱 1917
1920（大9）	国際連盟加入 1920	分離派宣言 1920	
	関東大震災 1923	帝国ホテル 1923	痴人の愛、注文の多い料理店 1924
		東京中央電信局 1925	屋根裏の散歩者 1925
1926（昭元）		紫烟荘 1926	伊豆の踊子 1926
			歯車 1927
	世界恐慌 1929		蟹工船、様々なる意匠 1929
1930（昭5）			
	5・15事件 1932	ブルーノ・タウト来日1933	
		軍人会館 1934	
			夜明け前 1935
	2・26事件 1936		
	盧溝橋事件 1937	パリ万博日本館、宇部市民会館 1937	墨東綺譚、雪国、暗夜行路 1937
		愛知県庁舎 1938	
		若狭邸1939	風立ちぬ 1939

建築は竣工年、文学は発表年を表す。設計、執筆、完成、刊行はずれる場合がある。

第三章　モダンと田園

後藤慶二と谷崎潤一郎の時代

アール・ヌーヴォーとゼツェッシオン　後藤、堀口、村野

建築の近代化は鉄の量産から始まった。

世界最初の鉄の構造物コールブルックデール橋（一七七九）、「巨大な温室」と呼ばれた第一回万国博の展示場クリスタル・パレス（一八五一）、高級ファッション店が並ぶミラノのガレリア（一八七七）、パリ万博を機にそびえ建ったエッフェル塔（一八八九）、印象派の美術館となっているオルセー駅（一九〇〇）。橋、温室、展示場、大屋根、塔、駅舎といった大架構空間である。この時代の鉄の構造物には「自然光のロマン」があふれている。

次の変化は、装飾的な面に現れた。

一九世紀末から二〇世紀初頭にかけてのアール・ヌーヴォー（新しい芸術）である。都会の空気と自由の精神を表現する曲線的な造形が流行して、室内装飾、工芸、ポスター、挿絵などのデザインに広がった。東洋の植物模様やアラベスクの影響もあり、パリとブリュッセルが中心であったが、ヨーロッパ各地で起こった造形革新運動の総体を意味する。イギリスではアーツ・アンド・クラフツ運動と連動し、ドイツ語圏ではユーゲント・シュティール（青春様式）を経て、ゼツェッシオン（分離派）につながる。

このころからモダン・デザインの運動が盛んになっていく。ゼツェッシオンとは「過去の様式から分離する」という趣旨で、いくつかの都市に結成されたが、特にウィーンのそれが大きな足跡を残した。「装飾は罪悪である」（アドルフ・ロース）という言明もあって、モダン建築は次第に装飾否定の傾向を帯びていく。

第一次世界大戦の前後、イタリア未来派、ロシア構成主義、オランダのデ・スティルといった、どちらかといえば周辺国に急進的な前衛運動が起きているが、建築デザインの新潮流は、国力の発展期にあったドイツを中心に展開された。機能主義、工業主義的な傾向と、創造の自由を重視するドイツ表現主義と呼ばれる傾向が対立的な流れを形成する。工業主義は規範を重んじる古典主義の、表現主義は自由を重んじるロマン主義の系譜を引き継ぐと考えていい。

こういった動きを受けて日本の建築界はどう変化したか。

まず注目すべき人物は伊東忠太（一八六七－一九五四）である。夏目漱石と同様、維新の前年に生まれ、東京帝大で辰野金吾に学び、卒業論文に「建築哲学」を書き、歴史に着目して法隆寺とギリシア神殿の類似性を唱える。さらにヨーロッパと日本のあいだに横たわる溝を埋めようと、中国各地を旅し、ビルマ、インドを調査し、トルコ、ギリシア、エジプト、イスラエルと歩いた。ユーラシアの東西を三年間かけて実地調査し、欧化主義でも折衷主義でもない「進化主義」を唱え、後年、築地本願寺という独特の仏教建築を設計している。建築家とか学者とかいう範疇を超えた、知的好奇心の塊のようなスケールの大きい人物であった。

日本人が、建築というものを西洋から学ぶだけでなく、自分の頭で考えるようになったのだ。

その後、アール・ヌーヴォーを取り入れた武田五一、アメリカの動きを取り入れた横河民輔などに触れるべきとも思えるが、ここは大正期のモダニズムに向かう動きを追おう。

後藤慶二（一八八三－一九一九）という建築家に光を当てなければならない。

司法省に身を置いたのだから、辰野のライバルといわれた妻木頼黄につらなる官庁営繕の流れにある。代表作は、とはいえ若くして他界したので他にあまり作品がないが、大正四年の豊多摩監獄である。本人が「赤い家」と呼んだように、ウィリアム・モリスを彷彿とさせる赤煉瓦のマッシブな外観には、構築というものの原型を感じさせる力強さがあり、建築批評家の長谷川堯をして「大正の『人格』の起ち上がろうとする瞬間のデザイン」（『神殿か獄舎か』）といわしめた。ゴシック的と評されもするが、筆者はむしろ、

豊多摩監獄

それまでの様式性を払拭した構造合理性を感じる。

監獄は、人間を効率的に収容し管理するという意味で、工場と同様「機能的な要求」が強く出る。横長の房棟が一点の監視所で交わる配置計画は、フィラデルフィアの刑務所を原型として、功利主義哲学者ジェレミ・ベンサムが唱えたパノプティコンにもつうじる（厳密な意味では、豊多摩は円形監視空間ではない）、機能主義モダニズムの先駆けであった。

後藤は建築を単なる様式的な造形とは考えていなかった。その本質的なあり方について、特に「構造・意匠・作用」の関係について、質の高い論考と論争（虚偽論争）を行っている。こういった論争は、ヨーロッパにおける建築思想の展開の影響と、大正教養主義と呼ばれる、この時期の青年に特有の哲学的、懐疑的傾向によるのであろう。そう考えればここにも漱石の影響は現れている。

後藤の遺稿集からも漱石の影響が読み取れる。「小説は漱石、と鏡花あとはいや」とある。「人間はみんなずるい、うそをつく、だます、喧嘩をする、なまける、欲ばる、さうして淫乱だ。然し憎めない」ともある。彼の人間味が伝わってくるではないか。文も、絵も、図も、上手く、味がある。また構造を重視することから、鉄筋コンクリートに関する技術的な論文を多くものしている。『ホトトギス』の表紙や挿絵を描いているが、その同人たちとつきあいがあり、文人的な建築家であったといっていい。

ちなみに彼の子息は、創造的で実践的な構造家（後藤一雄）で、筆者の恩師であり、孫は建築家（後藤牧人）で、筆者のスキー仲間である。二人とも、日本全国、安くて旨いものを食わすところをよく知っている「通人」で、何にでも一家言もっているが、慶二にもその傾向はあったようだ。父親は、最初の官費留学者とされる物理学の後藤牧太で、その蔵書（特に美術系の洋書）に囲まれて育ったことが、慶二の成長に大きな影響を与えたのではないか、と牧人氏はいう。

後藤は早世したが、この革新が日本分離派結成につながる。

「我々は起つ。過去建築圏より分離し、総ての建築をして真に意義あらしめる新建築圏を創造せんがために……」（日本分離派宣言）

大正九年、日本に初の平民宰相（原敬）が誕生した年、理論からも作品からも後藤の影響を深く受けた堀口捨己（一八九五 - 一九八四）、山田守（一八九四 - 一九六六）などの同期生が、東京帝大建築学科を卒業するにあたって右記のような宣言を行った。

この日本分離派の代表作として山田守の東京中央電信局をあげたいが、人物としては堀口捨己に注目したい。堀口が設計した紫烟荘は、茅葺屋根にデ・スティル風の白壁を配したもので、その後の大島測候所、若狭邸などは、バウハウスに近い機能主義的なデザインの傑作である。しかし彼は、戦争が近づくにしたがって日本の伝統に没頭するようになり、戦後はむしろ茶室とその庭の研究に力を注ぎ、名古屋市八勝館の御幸の間などを設計している。

当時の建築家は多く、戦前はヨーロッパの新しい建築を追いかけ、戦時中は国家主義的な大屋根の建築に寄り添い、戦後はバウハウスやル・コルビュジエ風のインターナショナル・スタイルに向かうのが典型であった。堀口のように、果敢にも時代の先端を切り拓き、一転して伝統の淵源に深く切り込む建築家は稀である。堀口を知る人はみな、その学識の深さと人物の誠実さを語る。筆者は、建築にまつわる政治権力を忌避しようとした結果ではないかと考えている。

伊東、後藤、堀口は「思索する建築家」であった。のちの篠原一男、磯崎新につづくと考えることもできようか。

この分離派以後、山口文象(一九〇二－一九七八)の創宇社をはじめ、多くの建築運動体が結成された。もちろんヨーロッパの影響であるが、折からマルキシズムの影響も強く、建築運動もプロレタリア的な様相を帯びていく。

ここで触れておきたいのが村野藤吾(一八九一－一九八四)という建築家である。

八勝館(上)と世界平和記念聖堂(下)

村野は、戦後も長きにわたって活躍したので、こんなに早く登場することにオヤッと思う方もいるだろうが、実は分離派メンバーよりも年上なのだ。若いときに様式建築の修練を積んだので、新しい建築思潮の進展に取り残された感があるが、逆にそのことが彼の建築に独特の表現力を与え、合理主義、機能主義に向かう時代に対して、独り屹立《きつりつ》する建築家となった。またそれまでの建築家のほとんどが東京帝大出身であったのに対して、村野は早稲田大学出身で、その後多くの建築家を輩出したこの大学の星といってもいい。早大で構造を教えた後藤に接してもいる。民間の仕事が圧倒的で、戦後、国家の重要建築を設計しつづけた丹下健三に対して、白井晟一とともに揺るぎない地位に立ちつづけた。

代表作をあげるのは難しいが、筆者は世界平和記念聖堂がいいと思う。日生劇場、箱根(芦ノ湖)プリンスホテルもいい。

端的にいえば、明治の建築家が洋風建築に取り組んだのに対して、大正の建築家は初期モダニズム建築に取り組んだのだ。西洋から近代への転換は、政治史としては連続した現象であったかもしれないが、文化史としては、明治維新にも匹敵する、あるいはそれ以上に大きな変革であった。

さて、一般的な住居はどう変わったであろう。

明治の初期には、銀行や学校という進歩の権威を必要とする公共施設と岩崎など財閥の住宅に限られていた洋風建築が、日露戦争のあとは、和洋折衷というかたちで上中流階級の住宅に広がり、玄関の脇に応接間と書斎を兼ねた洋室をそなえるのが一般的となっていく。

大正時代も中期になると、それまでの襖で仕切られた部屋の連続から、廊下からドアを開けて入る部屋の連続、すなわち「中廊下型」へと変化し、そこにプライバシーというものが成立する。また台所が土間式から床上式に変化し、女性の労働は大幅に改善された。サラリーマンを中心に中流階級が形成されたことを受けて「生活改善運動」が広がる。大正八年には生活改善博覧会、一一年には東京で平和記念博覧会、大阪で住宅改造博覧会が開かれ、椅子式の生活に加えて、電気と水道が導入されるなど近代化が進み、文化住宅（近畿地方では木造集合住宅を指す）という言葉が流行した。

日本人の住生活は根底から近代化していく。

そこに事件が起きた。

関東大震災である。

大正一二年九月一日の正午前、関東一帯を大地震が襲い、死者・行方不明一〇万人以上（少し前までは一四万人とされた）の被害を出した。これを機に、建築界では耐震と耐火が何よりも重視され、現在の建築基準法もこの時の経験がもととなっている。

当然のことながら、文学にも大きな影響を与えている。

田園の発見　『武蔵野』

おもしろいもので、洋風建築によって都市の様相が西洋化するとともに、本来変化しないはずの自然の姿も、西洋風のまなざしをもって語られるようになる。

明治の後半から大正にかけての文学空間は、都市化をつづける「都会へのまなざし」において、また、その反作用のような「田園へのまなざし」において進展した。東京郊外の田園への文学的視野を切り拓いたのは、国木田独歩（一八七一－一九〇八）である。

「則ちこれはツルゲーネフの書たるものを二葉亭《ふたばてい》が訳して『あいびき』と題した短編の冒頭にある一節であって、自分がかかる落葉林の趣きを解するに至ったのはこの微妙な叙景の筆の力が多い。これは露西亜《ロシア》の景で而《しか》も林は樺の木で、武蔵野の林は楢の木、植物帯からいうと甚《はなは》だ異て居るが落葉林の趣は同じ事である。自分は屢々《しばしば》思うた、若《も》し武蔵野の林が楢の類でなく、松か何かであったら極めて平凡な変化に乏しい色彩一様なものとなって左《さ》まで珍重するに足らないだろうと。」(『武蔵野』明治三四年)

独歩は、ツルゲーネフと二葉亭四迷によって自然に対する見方が変化したと告白し、武蔵野の趣がロシアに似ているとしている。これは貴重な証言だ。文学が、都市や自然の見方を変えるのである。四迷は『浮雲』を書いたあと、いくつかのロシア文学を翻訳しているが、その自然描写が、独歩にも、また花袋などの自然主義者にも影響を与えた。

「必ずしも道玄坂といわず、又た白金《しろかね》といわず、つまり東京市街の一端、或は甲州街道となり、或は青梅道《おうめみち》となり、或は中原道《なかはらみち》となり、或は世田ヶ谷《せたがや》街道となりて、郊外の林地田圃《りんちでんぼ》に突入する処の、市街ともつかず宿駅ともつかず、一種の生活と一種の自然とを配合して一種の光景を呈し居る場処を描写することが、頗《すこぶ》る自分の詩《し》興《きょう》を喚《よ》び起すも妙ではないか。」

独歩のいう武蔵野とは、現在ではすっかり都会化した、渋谷、目黒あたりからはじまる。コギャルが闊歩するファッションタウンも、シロガネーゼと呼ばれる夫人たちの高級住宅地も、かつては狸や狐が跳梁《ちょうりょう》する林野だったのだ。明治以後の東京は、西南部に向かって発達したので、現在の渋谷区、目黒区、世田谷区あたりが、東京郊外の林地から、新興住宅地となり、やがては繁華街ともなり、また新しい山の手として高級住宅地に変質していくのである。

東京が西に向かうのは、住宅地に適するという自然条件にもよるが、もともと日本文化の中心が関西にあったこと、維新をになった長州や薩摩という西南雄藩が新政府の中枢を握ったこととも関連していよう。東京の西南部は、常にその東北部に対して、より進歩的であるというイメージをもちつづけ、それがそのまま文学的な「意味の構造」を形成している。

つまり独歩の『武蔵野』に表出する野や林のイメージは、かつての日本にあった、人里離れた恐ろしい山中とも、都会から離れた古い因習の村落とも異なって、ロシアやイギリスやドイツといった北ヨーロッパの森林につうじるハイカラな感覚をともなっていた。文明開化によって都会が西洋化すると同時に、田園へのまなざしもまた西洋のフィルターをとおしたものに変化し、そのことによって日本人の自然観は、江戸以前の歌枕的な情緒性から脱皮していく。

実際、独歩はキリスト教徒であり、イギリスの詩人ワーズワースの影響が強く、そのワーズワースは、人間の魂が自然と一体であることを主張する汎神論的な思想をもっていた。アメリカ文学におけるトランセンデンタリズム（超絶主義。エマーソン、ソロー、ホイットマンなど）に近い。また軽井沢にしろ、清里にしろ、現在でも人気のある高原の避暑地を切り拓いたのが、キリスト教の宣教師であったことも注目に値する。もちろん清涼な自然環境を求めてのことであるが、それは欧米の修道会的な根をもつものでもあったのだ。

しかしそういった変化は主として知識人、読書人のものであったから、地元農民の原日本的な自然観とは隔たりが生じる。「田園」と「農村」とでは言葉の響きが違う。つまりここにも「落差のまなざし」が存在するのだ。都会人の西洋的自然観と、農民の伝統的自然観とのギャップは、明治以来今日にいたるまでさまざまな文化的齟齬《そご》を生んできた。

田山花袋の『田舎教師』は、その出身地に近い埼玉県の北部から群馬県を舞台にした一人の教師の物語で、自然景観と村落社会における若い知識人の進歩的な意識が、必然的に生み出す哀愁を描いている。信州や東北と比べると文学的性格のはっきりしない地域だが、北関東を歩いてみると、やはり花袋の文体を感じさせるような詩情がある。

また山深い信州の伝統的な社会と新しい時代との相克、その自然環境の変容と郷愁を、小説と詩によって叙情的に表現したのは島崎藤村（一八七二－一九四三）である。藤村の作品は、「まだあげそめし前髪の……」にしても、「小諸なる古城のほとり……」にしても、詩に現れる信州にはヨーロッパ・アルプスにも似た爽やかさが感じられ、『破戒』にしても『家』にしても、小説に現れる信州には古い因習の暗い情念が感じられる。以後長野県は、東京という「都市」に対置される「高原」として、日本文化における独特の地位を獲得する。

花袋と藤村は、自然主義文学の双璧であるが、このころの「自然主義」という言葉には、人間性の自然科学的な写実という意味と、山林などの自然描写という意味が重ねられていた。文学において技巧を廃することが、実生活において技術を廃することに結びついたのであろう

そして明治四三年に結成された白樺派が、大正文学の幕を開ける。

武者小路実篤（一八八五－一九七六）、志賀直哉（一八八三－一九七一）、有島武郎（一八七八－一九二三）など、学習院大学の同年齢層によって『白樺』という雑誌を中心に結成された

グループで、彼らは都会育ちであるが、白樺という名に、やはり北ヨーロッパ的な自然のイメージが込められている。同窓同年齢層の文学グループは珍しく、その意味では建築における「分離派」と似ている。有為の青年たちが、新しい時代に理想を抱いて結集する時代だったのだ。

白樺派の特徴は、絵画と文学にまたがることで、セザンヌ、ゴッホ、ゴーギャンといった後期印象派に影響を受け、漢学、国学という東洋的な教養からは縁遠い存在であった。院長となった乃木希典への反発もあって軍人嫌い。雑誌『白樺』は学習院では禁書扱いであったという。明治において西洋追随は国家の方針であったが、大正においては国家への反発となったのだ。

理想主義が強く、私財を供して、武者小路は「新しき村」、有島は「共生農団」（結成されたのは有島の死後）と、九州や北海道に理想のコミュニティを試みている。武者小路はトルストイの人道主義に心酔し、ハーバードに学んだ有島はキリスト教に深く立ち入っていた。裕福な都市階級に身をおいていた彼らは、田園に、資本主義化し産業化する都会のアンチテーゼとして、友愛の理想郷を求めたのだ。そこにはキリスト教の修道会的な伝統と、それが近代化されたものとしての社会主義的ユートピア思想が反映されている。

また彼らは強く漱石の影響を受けていた。『白樺』創刊号には、『それから』に関する武者小路の評論が掲載されているが、英国の田園地帯に展開されたウィリアム・モリスやロセッティ（ラファエロ前派）らの交友に対する共感が表出する。直接の弟子であった安倍能成、阿部次郎、寺田寅彦などを含めて、大正教養主義は漱石の存在なくしてはありえなかった。

その名のとおり、まさに田園居住を文学化したのが佐藤春夫（一八九二―一九六四）の『田園の憂鬱』であるが、「おお薔薇《そうび》なんじ病めり」と嘆息する作家本人らしい主人公は、この田園生活によって、愛育する薔薇の花と同様、みずからの精神が蝕まれていくことを意識する。この作品もきわめて西洋的なメランコリーに満たされ、やはり地元の因習との葛藤がある。洗練された都会の知識人が、精神の桃源郷として田園居住を求めることは、往々にして徒労に終わる。

いずれにしろ、明治後半以後の文学における田園、高原、地方は、それまでの農村、山奥、田舎とは性格の異なった、新しい意味を与えられたのであり、それは、産業革命が進行する都会に対峙するかたちの「田園の文学的発見」であった。

もう一つつけ加えれば、田園に対するヨーロッパの影響は、ドイツ、ロシア、オーストリアなど、森林と山岳の風土をもつ地域のものであり、それは同時に音楽文化の伝統をもつ地域のものでもある。

ベートーベンにしろ、チャイコフスキーにしろ、モーツァルトにしろ、田園文学にはヨーロッパのクラシック音楽が通奏低音として流れている。

肉体の延長　谷崎潤一郎

大正から昭和の文学を見てきて、大きな山にぶつかるような気がするのは、谷崎潤一郎（一八八六－一九六五）の存在である。

この作家は、まだ学生だった明治の末から創作をはじめ、戦後まで旺盛に書きつづけたので、漱石以後の文壇には常にその一方の端に谷崎がいるという状況であった。それほど際だった作品傾向と揺るぎない文体をもっていた。三島由紀夫が彼の死を「谷崎王朝の終焉」と評したのは、その社会性ではなく孤高性の表現であろう。絢爛たる孤高だ。

建築界では村野藤吾に似ている。

谷崎は祖父が創業した日本橋の裕福な商家に生まれ、母は評判の美人であったが、入り婿の父が失敗して貧乏暮らしを味わう。一高時代から作品を発表し、東京帝大に在学してからは永井荷風に絶賛され、すでにいっぱしの文学者であった。放蕩と結婚でトラブルが続いたことは知られているが、関東大震災を機に関西へ移住し、『痴人の愛』『春琴抄』『細雪』などの代表作が生まれる。つまり典型的な江戸っ子でありながら、歴史的な文化を残す関西に移ったわけで、そこに誕生した作品は、都市空間を文化的な視点からとらえようとする本書にとっても重要な意味がある。

また谷崎は、建築の描写が詳細かつ精確であり、漱石以後、その作品の中の建築について書くだけで一冊の本になりうる作家として筆頭にあげたい存在である。作品中には、明治末から戦後にかけての日本の建築空間の変遷が現れているばかりでなく、そうとうの考証によって平安時代や江戸時代の建築の様子も現れる。

ここでは明治末の作品として『少年』、大正末の作品として『痴人の愛』をとりあげ、次章において、昭和前期の作品として『細雪』をとりあげる。

デビュー作『刺青』につづく『少年』には、広大な御屋敷に配された西洋館と日本館の「様相と意味」が、みごとに対比表現されている。

物語は、少年時代の実体験を記すかたちで進行する。あるとき「私」は、塙信一という友人に自分の家で稲荷の祭りがあるから遊びにこいと誘われる。それは西洋館と日本館のある広大な御屋敷であった。

「こんな生意気な口をきいて、信一は西洋館と日本館の間にある欅《けやき》や榎《えのき》の大木の蔭へ歩いて行った。―中略―

『あれは姉さんがピアノを弾いて居るんだよ』

『ピアノって何だい』

『オルガンのようなものだって、姉さんがそう云ったよ。異人の女が毎日あの西洋館へ来て姉さんに教えてやってるの』

こう云って信一は西洋館の二階を指さした。肉色の布のかかった窓の中から絶えず洩れて来る不思議な響き。……或る時は森の妖魔《ようま》が笑う木霊《こだま》のような、或る時はお伽噺《とぎばなし》に出て来る侏儒《こびと》共が多勢揃《そろ》って踊るような、幾千の細かい想像の綾糸《あやいと》で、幼い頭へ微妙な夢を織り込んで行く不思議な響きは、この古沼の水底で奏《かな》でるのかとも疑われる。

奏楽の音が止《や》んだ頃《ころ》、私はまだ消えやらぬ ecstasy の尾を心に曳《ひ》きながら、今にあの窓から異人や姉娘が顔を出しはすまいかと思い憧《あこが》れてじっと二階を視《み》つめた。」

信一さえめったに入ることを許されないという西洋館でピアノを習っているのは信一の腹違いの姉の光子である。この場面は、漱石の『三四郎』における、美禰子とヴァイオリンの結びつきを思わせる。

学校ではいつも「女中」につきそわれておとなしくしている信一であるが、御屋敷では、学校では乱暴者でとおっている仙吉をしたがえて威張っている。仙吉も「私」も、信一にそそのかされて、御屋敷の座敷や物置小屋で、光子にいたずらをして遊ぶようになる。しかしある晩、光子は彼らを西洋館に招待する。

西洋館の内部は薄暗く、「手燭《てしょく》」の灯りを頼りに「螺旋階《らせんかい》」を上がって扉を開けると次のような部屋である。

「中央に吊《つ》るされた大ランプの、五色のプリズムで飾られた蝦色《えびいろ》の傘の影が、部屋の上半部を薄暗くして、金銀を鏤《ちりば》めた椅子《いす》だの卓子《テーブル》だの鏡だのいろいろの装飾物が燦然《さんぜん》と輝き、床に敷き詰めた暗紅色の敷物の柔かさは、春草の野を蹈《ふ》むように足《た》袋《び》を隔てて私の足を喜ばせる。」

見慣れない少年の眼には、あまりの壮麗が、そらおそろしさを感じさせるのだ。ここで光子は、少年たちを縛り上げ日頃の虐待の復讐を果たす。以来、三人はすっかり光子のいいなりになり、奴隷のように扱われる。

その時期の少年少女にありがちな、やや性的な意味を含んだ遊びを描いているのであるが、そこに支配と被支配の関係が設定され、その関係が建築空間と結びついて逆転するのである。学校では腕力の強い仙吉が支配者であるが、御屋敷では信一が支配者となり、西洋館を経験することによって、今度は光子が支配者となる。建築、空間、様式と、人間の支配、被支配の関係が、巧みに構造化されている。

ここに現れる洋風建築と和風建築の対立構造は、漱石前半期の作品と似ているようで異なる。洋風が女性の力と結びついているところは共通するが、漱石の洋風は時勢の社会権力を背景とし、和風は隠遁の知識人が時勢を批判する空間であった。ここでは、西洋館は光子の魔性の力と結びつき、日本館はいかにも豪壮で、信一の父親の社会権力と結びついている。やはり洋風・和風の意味の転換が読み取れる。

つまり谷崎は、建築様式を、彼の文学の中心的主題である男女の支配、被支配の関係の様態を表現する手段としているのだ。洋風、和風、どちらも幽玄というべき奥深さをもち、まだ世間を知らない少年の眼から見た神秘的な空間として現れる。また彼は、子供の眼を単に無垢なる鏡としてではなく、人間の力関係を鋭敏に察知する残酷な探測機として利用する。

関西に移ってから書かれた壮年期の作品『痴人の愛』は、蔵前高等工業を出た電気会社の技師河合譲治が語り手であると同時に主人公で、浅草のカフェではたらいていたナオミという娘と生活をともにし、翻弄され、支配されるというストーリーである。

当時の蔵前出身者は、帝大出身者より就職先にめぐまれ、若い女性に人気があったといわれる。それまでの作家が、旧制高校や帝大の学生もしくは出身者を主人公とすることが多かったのに対して、谷崎は、電気工学を学んだ技術者という、新しいタイプの主人公を見いだした。これもある種のモダニズムであろう。

カフェで知り合った二人は、結婚という形式以前に、ともに生活する場を探そうとする。

「こうして方々捜し廻っても容易にいゝ家が見つからないで、散々迷い抜いた揚句、結局私たちが借りることになったのは、大森の駅から十二三町行ったところの省線電車の線路に近い、とある一軒の甚《はなは》だお粗末な洋館でした。所謂《いわゆる》『文化住宅』と云う奴、――まだあの時分はそれがそんなに流行《はや》ってはいませんでしたが、近頃の言葉で云えばさしずめそう云ったものだったでしょう。勾配《こうばい》の急な、全体の高さの半分以上もあるかと思われる、赤いスレートで葺《ふ》いた屋根。マッチの箱のように白い壁で包んだ外側。ところどころに切ってある長方形のガラス窓。そして正面のポーチの前に、庭と云うよりは寧《むし》ろちょっとした空地がある。と、先ずそんな風な恰好で、中に住むよりは絵に画いた方が面白そうな見つきでした。尤《もっと》もそれはその筈なので、もとこの家は何とか云う絵かきが建てて、モデル女を細君にして二人で住んでいたのだそうです。従って部屋の取り方などは随分不便に出来ていました。いやにだだッ広いアトリエと、ほんのささやかな玄関と、台所と、階下にはたったそれだけしかなく、あとは二階に三畳と四畳半とがありましたけれど、それとて屋根裏の物置小屋のようなもので、使える部屋ではありませんでした。その屋根裏へ通うのにはアトリエの室内に梯子段《はしごだん》がついていて、そこを上ると手すりを繞《めぐ》らした廊下があり、あたかも芝居の桟敷のように、その手すりからアトリエを見おろせるようになっていました。

ナオミは最初この家の『風景』を見ると、
『まあ、ハイカラだこと！　あたしこう云う家がいいわ』」

この家の立地と構造と様相は、二人の特異な関係の場として重要な意味をもっている。大森は、東海道に沿ったいわゆる城南地域で、筆者（若山）が少年時代を過ごした地域に近い。この当時は新しい住宅地として発展しつつあり、そこに出現したアトリエを兼ねた住宅が、それまでとは違ったハイカラなものであったことは推測できる。ここで「文化住宅」というのは、関西地方に多い木造集合住宅を意味するのではなく、当時の先進的なモダン住宅をいう。

この家は「洋館」とされているが、『少年』の「西洋館」とはおよそ違った印象を与え、実はそうとうにモダンである。一般の日本人はどちらも「洋館」と表現する傾向にあり、作者はそういった文化に不案内な技術者の意識で書いている。それまでの西洋建築の壮麗な印象と比べれば、モダン建築は安っぽく見えるものなのだ。

画家が建てたということを考えれば、この時代であるから、ゼツェッシオンを模したようなスタイルであったとも思われる。「赤いスレートの屋根、マッチ箱のように白い壁、ところどころに切ってある長方形のガラス窓、庭というより空地、だだっ広いアトリエ、

谷崎潤一郎

小さな玄関、屋根裏部屋のような二階」といった表現からは、アメリカの影響、あるいはバウハウスの機能主義的なスタイルに近づいていたことが感じられる。

特に重要なのはアトリエの「広さ」ではなく「高さ」である。「アトリエの室内に梯子段がついていて」というのは「吹き抜け」の表現だろう。この「手すりのある廊下から芝居の桟敷のようにアトリエを見おろせる」という立体感が、西洋人に似たナオミの家として重要な要素である。

「私たちは印度更紗《インドさらさ》の安物を見つけて来て、それをナオミが危ッかしい手つきで縫って窓かけに作り、芝口の西洋家具屋から古い籐椅子《とういす》だのソオファだの、安楽椅子だの、テーブルだのを捜して来てアトリエに並べ、壁にはメリー・ピクフォードを始め、亜米利加《アメリカ》の活動女優の写真を二つ三つ吊るしました。」

あたかも、現代の若い夫婦が新居の家具をそろえていくように、「ナオミちゃん」と「譲治さん」は、この「お伽噺《とぎばなし》の家」で、「友達のように」暮らしはじめる。広い吹き抜けのアトリエに、ソファや籐椅子や安楽椅子を自由に置いて、壁にはアメリカの映画女優の写真を貼りつけるというのは、当時としてはかなり前衛的であったろう。カフェの女給だったナオミのイメージは、御屋敷の西洋館でピアノを弾く光子とはそうとうに隔たっている。

谷崎は、漱石と違って専門的な建築用語を使ってはいないが、明らかに「西洋の伝統」と「モダニズム」の様式の違いを意識し、それを女性像の隠喩的表現としている。しかしどちらも、男性を支配しその家に君臨する女性であることは変わりない。それが谷崎文学の圧倒的な特徴線である。

このあと谷崎は、歴史物において古い生活様式の中の女性を描いている。つまり彼は、女性の魅力を一つの様式に結びつけるのではなく、西洋、モダン、日本という様式のバリエーションにおいてとらえているのだ。彼は、およそ様式というものがもつ「文化の肉づき」を好んだ。谷崎は、女性の本質の延長として肉体を、さらにその肉体の延長として住まいを描いたのではないか。この作家が、建築、特に女性の住む家の様相を詳細に描くのはそのためではないか。

それをフェティシズムと呼ぶなら、谷崎のそれは女性の肉体をこえて、建築空間にまで、その周辺の文化様式にまで及んでいたということであり、その点に、その住まいを、そこに住む女性の立場と性格を表すものとして描いた『源氏物語』に共通するものを感じないではいられない。（拙著『「家」と「やど」』参照）

後年、谷崎はこの古典の現代語訳にとりくんだ。

建築界では、谷崎潤一郎といえば『陰翳礼讃』がよく引用される。この文豪が、いかにも西洋的な近代的な明るい空間をきらって、日本の伝統建築の薄暗い空間を賛美したというようにいわれがちなのであるが、これは浅薄な見方である。谷崎の趣味はそう単純なものでありはしない。彼は、何にでも明るい光を当てることが進歩的であるというような、皮相な近代主義を批判したのであって、現実の空間に対する彼の本当の好みは、むしろ小説の方に現れていると考えるべきだ。

谷崎は光と闇の双方を、そこに生じる文化的な意味において愛していた。「陰翳」とは、強い光によってこそ生じるものである。『痴人の愛』の舞台となる家は、明るい近代的な感覚の家であり、そこに君臨するナオミという女性もまた、西洋的な近代的な様相をもって現れる。それに対する闇の空間の代表作が『春琴抄』であろう。ここでは盲目がテーマで、まさに闇の世界なのだが、その闇の中にも眩しいほどの光輝に満ちた、美と愛と奉仕と犠牲の世界があることを描いている。

『源氏物語』の現代語訳にとりくみ、時代物を書いていたころの谷崎は、たしかに日本の伝統美に埋没したかのように見える。しかしそれを、西洋や近代の反対側にあるものと位置づけたのではなく、そういった様式性と具体性の中にこそ美がある、あからさまなものよりもうすぼんやりとしたものの中にこそ味があるということをいっているのであって、西洋の明るい空間より日本の暗い空間の方がいいなどという単純なことをいおうとしたのではない。

谷崎の空間には「光彩の幽玄」がある。

この作家が書きつづけた文学的空間のディテールは、大正から昭和にかけての建築家の意識にも深層的な影響を残していると思われる。明治から大正へ。西洋からモダンへ。アール・ヌーヴォーからゼツェッシオンへ。時代は確実に変化している。初期モダニズムは、日本社会に浸透しつつあった。

第四章　個室と密室

密室のまなざし　『屋根裏の散歩者』

大正期、日本全体に資本主義が進行し、都市化が進み、第一次世界大戦で漁夫の利をえたあとは、今日いうバブル経済状況であった。東京の人口は肥大し俗化した。近代化の過程にある国のメトロポリスは人口が急増するものだが、東京は、江戸の長屋に見るような小さな木造住宅の密集であったから、文明開化という技術革命によって建設ラッシュとなるのは必然。そこに、中廊下型のプランによって、襖や障子ではなくドアを開けて入る、場合によっては鍵のかかる、つまりプライバシーを有する小さな部屋が大量に出現する。「個室の誕生」である。

武田信明は『個室とまなざし』（講談社選書メティエ）において、この時期の東京に小さなホテルが林立し、多くの文学者が住み込んだことに着目して、個室の成立と文学的まなざしの関係について論究している。ホテルといっても長期滞在者が多く、現実にはアパート（現代でいえばワンルーム・マンション）のようなものであった。特に本郷の「菊富士ホテル」には、谷崎潤一郎、尾崎士郎、宇野浩二、坂口安吾などが、長期にわたって（谷崎は断続的に）住み着き、著作に没頭した。それまでの日本人は、プライバシーを確保するのに広大な家あるいは隠棲《いんせい》の草庵を必要としたが、大正期の都市化とともに、手軽に秘密を確保する個人空間を手に入れた。

永井荷風、谷崎潤一郎、佐藤春夫、宇野浩二らは「耽美派」と呼ばれたが、彼らが描いたのはその個人的な空間に生まれた「美の別世界」であろう。つまり明治から大正に代わり、文学の空間は「下宿から個室へ」と変化したのだ。

また「個室」は「密室」でもあった。そこにミステリー小説が誕生する。その代表格となる作家が江戸川乱歩（一八九四－一九六五）である。三重県の名張市、忍者の里に近いところの出身で、東京を中心に、名古屋にも、大阪にも住んだことがあり、『D坂の殺人事件』は大阪で生まれた。また貿易商社社員、造船所事務員、古本屋、東京市役所職員など、さまざまな職業を転々とし、屋台の中華そば屋までやったという。つまり膨張するメトロポリスにおいて、表と裏の職業を双方体験することによって作家となったのであり、これまでの書斎作家とは異なる立脚点がある。

初期には独創的なトリックと心理描写を駆使して文学に新機軸を拓いたが、次第に「怪奇」の様相を帯びて通俗化し、『怪人二十面相』シリーズなど子供向けのものが多くなる。その意味で乱歩は、映画やマンガといった媒体への発展も含め、近代（モダン）通俗文学の開拓者である。

「個室＝密室」の様相がもっともよく現れているのが、『屋根裏の散歩者』という小説であろう。

変装などの変わった性癖をもつ主人公は、東栄館というアパートに住み、自分の部屋の押入の天井板が打ちつけ忘れられているのを発見する。好奇心の強い彼は、毎晩のように天井裏を徘徊し、その節穴からアパートの住人の生態を観察するのだが、やがて、普段から憎らしく思っていた人物の寝ている口に、天井の小穴から薬をたらす完全犯罪をたくらむ。


「彼はしばらくのあいだ、自分の上にひらいている、ほら穴の入口とでもいった感じのする、その天井の穴を眺《なが》めていましたが、ふと、持ち前の好奇心から、いったい天井裏というものは、どんなふうになっているのだろうと、おそるおそるその穴に首を入れて、四方を見まわしました。」

「先《ま》ず眼につくのは、縦に長々と横たえられた、太い、曲がりくねった、大蛇《だいじゃ》のような棟木《むなき》です。―中略―そして、その棟木と直角にこれは大蛇の肋骨《ろっこつ》に当たるたくさんの梁《はり》が、両側へ、屋根の傾斜に沿ってニョキニョキと突き出ています。」（「角川ホラー文庫」以下この節同じ）

実際には、よほど小柄な人間か、忍者のように梁の上を渡り歩く技術をもっていなければ、この規模の木造建築の天井裏を歩きまわるのはむずかしい。

「天井からの隙見《すきみ》というものが、どれほど異様に興味のあるものだかは、実際やってみた人でなければおそらく想像もできますまい。たとえ、その下に別段の事件が起こっていなくても、誰も見ているものがないと信じて、その本性をさらけ出した人間というものを観察するだけで、充分面白いのです。」

「ふだん過激な反資本主義の議論を吐《は》いている会社員が、誰も見ていない所では、貰《もら》ったばかりの昇給の辞令を、折鞄《おりかばん》から出したり、しまったり、幾度も幾度も、飽《あ》かずに打ち眺めて喜んでいる光景、ゾロリとしたお召《めし》の着物を不断着《ふだんぎ》にして、はかない豪奢《ごうしゃ》ぶりを示している或《あ》る相場師が、いざ床につく時には、その、昼間はさも無造作《むぞうさ》に着こなしていた着物を、女のように、丁寧《ていねい》に畳《たた》んで、蒲団《ふとん》の下へ敷くばかりか、しみでもついたものと見えて、それを丹念に口で舐《な》めて――お召などの小さな汚れは、口で舐めとるのがいちばんいいのだといいます――一種のクリーニングをやっている光景、何々大学の野球の選手だというニキビづらの青年が、運動家にも似合わない臆病《おくびょう》さをもって、女中への付け文を、食べてしまった夕飯のお膳の上へ、のせてみたり、思い返して引っ込めてみたり、またのせてみたり、モジモジと同じことを繰り返している光景。中には、大胆にも、淫売婦《いんばいふ》（?）を引き入れて、茲《ここ》に書くことを憚《はばか》るような、すさまじい狂態を演じている光景さえも、たればはばからず見たいだけ見ることができるのです。」

この時代のさまざまな人間像とその秘された風俗が、天井裏からの視線によって赤裸々に描出される。『裏窓』という映画を思い起こすが、テレビもなく映画も未発達であった時代に、天井裏からの覗き見は、大いに猟奇的であったに違いない。結局は、名探偵明智小五郎の登場によって、屋根裏のルートが暴かれるのだが、この小説の圧巻が、その謎解きにではなく、屋根裏からの密室描写にあることは明らかだ。

『人間椅子』という作品は、容貌の醜い男が椅子の中に入って女性の感触を楽しむという想定の話であるが、いわば極小の密室で視覚を封印することと、それまでの日本にはなかった椅子という家具の身体性と触覚性を表現している。また『人でなしの恋』という作品は、ある夫人が、夫が愛人と蔵の中で密会していることをつきとめて調べてみると、愛人とは長持ちの中に隠された人形であったという話である。日本の屋敷においては「蔵」

という空間に西洋建築に似た密室が存在したことと、人形という代理的な視覚と触覚にも（いわば作動しないロボットにも）恋愛感情が生じることを示している。日本人の個室体験は、人権としてのプライバシーというより、欲望としてのプライバシーとして出発したというべきかもしれない。

東栄館は、文三や時雄や「先生」の下宿のように、普通の木造建築の空いている部屋を貸すのではなく、初めから貸部屋用につくられているのであり、それなりのプライバシーが成立していた。整然と並んだ部屋と部屋が壁で隔てられ、共用廊下からドアを開けて入る形式のもので、「新築の下宿屋」と表現されているが、厳密には、内部共用廊下型アパートというべきであろう。

「東栄館の建物は、下宿屋などにはよくある、中央に庭を囲んで、そのまわりに、桝型《ますがた》に、部屋が並んでいるような作り方でしたから、したがって、屋根裏もずっとその形につづいていて、行き止まりというものがありません。彼の部屋の天井裏から出発して、グルッとひと廻《まわ》りしますと、また元の彼の部屋まで帰ってくるようになっています。

下の部屋部屋には、さも厳重に壁の仕切りができていて、その出入口には締まりをするための金具まで取りつけてあるのに、一度天井裏に上がってみますと、これはまたなんという開放的な有様でしょう。」

乱歩の作品とこの時代の東京の関係について松山巌は、浅草の凌雲閣（十二階）が写真家によって設計されたことに注目し、写真と都市の関係を論じている（『乱歩と東京』）。たしかにこのころ、写真や映画という新しいメディアによって、日本の都市人は「複製された像に対する視野」を獲得した。

フランク・ロイド・ライト　帝国ホテル

モダニズムの歴史において、高層ビルが果たした役割は小さくない。

高い建築が可能になったというだけでなく、同じ層が重ねられることにより、建築空間が量産化され、工場生産された規格部材を組み立てることが進んだのが大きい。都市の膨張が、オフィスやショッピングなど大量の内部空間を必要とし、鉄の構造とエレベーターの実用化がそれに応えたのだ。需要と供給である。

こういった近代的な高層ビルが建てられるようになったのは、ヨーロッパよりアメリカにおいてであった。シカゴ大火（一八七一）のあとの復興で高層ビルブームが巻き起こった。均等スパンを縦にも横にも繰り返すという単調な建築は、災害によって生まれたのだ。これを設計したのは「シカゴ派」と呼ばれる建築家たちで、その代表格がルイス・サリバンであり、その弟子がフランク・ロイド・ライト（一八六七－一九五九）である。

サリバンに才能を認められたライトは、住宅の仕事をすべて任されるようになり、独立してからは多様な仕事をこなしたが、やはり住宅作品が多かった。その作風は、水平線を強調した軒の低い立面、部屋と部屋を仕切らない流れるような平面、木を使った家具と一体のインテリアといった特徴によって「プレイリー・スタイル（草原様式）」と呼ばれた。

垂直に建てられる傾向のヨーロッパとは異なった、広大なアメリカの風土が生んだものであるが、日本建築に近いところもある。実際ライトは、浮世絵のコレクターとしても知られる大変な日本通であった。「流れるような平面」は、ヨーロッパのモダニストにも（特にミース・ファン・デル・ローエに）大きな影響を与えたが、のちにライトは、ミースに代表される工業的で無機的なインターナショナル・スタイルに対して、大地に根を生やした樹木のような、有機的建築（オーガニック・アーキテクチャー）を唱えている。

しかしながら私生活は波乱の連続であった。家族がありながら施主の夫人と駆け落ちをする。その後、使用人が発狂して事務所に火をつけ、その内縁の夫人と子供たちと弟子たちが惨殺されるというスキャンダルが起きている。仕事もとだえ、事務所経営は火の車であった。、ドラマのような人生である。

そんな失意の状態に舞い込んだのが帝国ホテルの設計で、ライトはこれに意欲をもやした。大正五年以後たびたび来日して打ち合わせを重ねたが、大幅なコストアップと工期の遅れが問題となり、竣工時には一番弟子の遠藤新にあとを任せて帰国していた。そこを関東大震災が襲った。ホテルは無傷であったという知らせを受け、ライトは狂喜したという（実際にはかなりのダメージがあったようだ。この話はマスコミによって神話化されている）。

帝国ホテルの外観は、薄茶色のスクラッチタイル（手引き）を大谷石《おおやいし》でふちどっている。暗褐色の煉瓦を白石で押さえるのはライト得意の手法ではあるが、ここではいっそう柔らかい雰囲気を出し、日本人から見るとどこかメキシコ風にも感じられる。ライトにとっては東洋のイメージとして近いものだったのだろうか。コンドルと似た感覚なのかもしれない。

帝国ホテル

このとき、ライトの助手として来日し、そのまま日本に残って設計をつづけたのが、アントニン・レーモンド（一八八八‐一九七六）である。チェコスロバキア出身、教会や学校などの作品が多いが、特に住宅で日本の伝統をモダニズムに融合させたところに絶妙な味がある。この作風は、弟子の吉村順三に受け継がれるとともに、他の建築家にも大きな影響を与えた。

晩年のライトは、落水荘という、滝の上にバルコニーを張り出した素晴らしい住宅をつくって世界の建築界をうならせる。筆者も学生時代はこの建築に憧れた。

巨匠ライトの名作が日本に実現したのは夢のような話であるが、その名作が戦後高度成長の経済原則に合わないという理由によって取り壊されるというのは悪夢のような話である。日本文化は建築の永続的な価値を認めないところがあるのか、それとも高度成長自体が悪夢のようなものだったのか。玄関まわりの一部が明治村に移築されたのはありがたいことであった。名古屋工業大学に赴任した筆者は最初に訪れたとき「こんなに綺麗な建物だったのか」という印象をもった。東京で見ていたときは、大谷石がカビで汚れて（水分を含みやすい多孔質の石ではよく起こること）古色蒼然としていたからで、思いもかけず、建設時の姿に遭遇したことになる。

落水荘

学生時代は、叔母の篠田桃紅（墨象美術家　一九一三－）と行くことも多かった。晩年ここに住んでいたオペラ歌手の藤原義江に会ったこともある。叔母は「帝国ホテルに似合う日本人は芥川龍之介ぐらいといったものよ」という。たしかに、芥川の遺作『歯車』は、このホテルを舞台にしている。

帝国ホテルが完成して間もない一九二五年、パリで現代産業装飾芸術国際博覧会、俗にいうアール・デコ展が開かれる。

大量生産と大量消費の時代が始まり、自動車と映画の時代となり、船舶や飛行機などが民需に転換され旅行ブームともなる。そういった「産業の時代」にふさわしい装飾の博覧会として催され、建築では、ル・コルビュジエの都市計画的提案とソビエトの構成主義的なデザインが注目を浴びた。一般にこの時代のデザイン傾向をアール・デコ調というが、流れるような曲線のアール・ヌーヴォーとは異なり、歯車や車輪を思わせるような正円と放射状の造形を特徴として、一九二〇年代後半から、三〇年代にかけての、建築、広告、工芸などに広がった。日本では、モガ（モダン・ガール）、モボ（モダン・ボーイ）と呼ばれる人々が闊歩した、多分に都会のファッション現象でもあった。

大正の末から昭和の初期にかけて、世界もまた日本も、近代産業の生産力と都市生活者の消費力を背景として、資本主義的繁栄を謳歌したのであるが、ウォール街における暗黒の木曜日（一九二九）を境にして、世界は大きな不況の波に飲み込まれていく。
大恐慌だ。

日の昇る国も、自然（震災）と資本の必然には勝てなかった。無理に勝とうとしたのが太平洋戦争である。

取り残された場所『濹東綺譚』

明治以後の東京は、西に向かって発展する。

夏目漱石が千駄木から西片を経て早稲田南町へと移ったように、作家の住まいも西に移る傾向があった。その最後が鎌倉あたりだろうか。露伴や子規や一葉の時代は過ぎ去りつつあった。

しかし大正から昭和にかけて、みずからは麻布の洋館（偏奇館）に住みながら、足繁く隅田川の東にかよいつづけた作家がいる。永井荷風（一八七九‐一九五九）である。彼は西に向かう東京の東の端に、発展とは逆のベクトルにある、取り残された空間、取り残された人間の心情を見ようとした。

東京で生まれ、東京師範学校に在学、病気休学中文学に目覚める。若いときはゾラに影響され自然主義に傾倒したが、やがて反発を感じ、正金銀行の仕事もあってアメリカとフランスで過ごしたあと、慶應義塾大学の教授となる。文化人との交流が広く、女性関係で浮名を流し、晩年になってからも紅灯の巷に生きる女性を書きつづけた。谷崎潤一郎とともに「耽美派」の名を冠せられているが、谷崎がたしかに女性の「美」を描いたのに対し、荷風が描いたのは女性の「情」であるといった方が正確ではないか。荷風の女性像からは、何かしみじみとした、語りの風情といったものが伝わってくる。谷崎は視覚的だが、荷風は触覚的なのだ。

荷風の作品と隅田川の東について、建築評論では長谷川堯、文学評論では前田愛が論じ、ある種定番となっている。この作家と地域の組み合わせに、日本と東京の近代化に対するルサンチマン（怨念）が凝縮しているからだろう。

谷崎は建築を描いた作家であり、荷風は街並を描いた作家であった。

ここでは、代表的なものとして『濹東綺譚』をとりあげる。「濹東」とはもちろん隅田川の東という意味だ。晩年の、すでに昭和の作であるが、ここに入れるべきものと思われた。荷風を谷崎よりあとに書くのも引っかかるが、作品の時代性を重視した。
荷風自身である「わたくし」が、新たな小説の舞台となる構想をえるために、砂町、亀井戸、小松川、寺島町を歩きまわり、ふとしたことから「玉の井」の女郎お雪と巡り会うことによって、物語は動き出す。

「小説をつくる時、わたくしの最も興を催すのは、作中人物の生活及び事件が開展する場所の選択と、その描写とである。わたくしは屢《しばしば》人物の性格よりも背景の描写に重きを置き過るような誤《あやまち》に陥ったこともあった。」

作家がいっているように、玉の井の周辺の情景が詳細に描写されるが、長くなるので引用は限定せざるをえない。

「空の一方には夕栄《ゆうばえ》の色が薄く残っていながら、月の色には早くも夜らしい輝きができ、トタン葺の屋根の間々からはネオンサインの光と共にラディオの響きが聞え初める。

わたくしは脚下《あしもと》の暗くなるまで石の上に腰をかけていたが、土手下の窓々にも灯がついて、むさくるしい二階の内《なか》がすっかり見下されるようになったので、草の間に残った人の足跡を辿《たど》って土手を降りた。すると意外にも、其処はもう玉の井の盛場を斜に貫く繁華な横町の半程《なかほど》で、ごたごた建て連った商店の間の路地口には『ぬけられます』とか、『安全通路』とか、『京成バス近道』とか、或は『オトメ街』或は『賑本通《にぎわいほんどおり》』などと書いた灯がついている。」

折から降り出したにわか雨に、

「檀那《だんな》、そこまで入れてってよ。」

といって傘の中に首を突っ込んだ女が、お雪であった。

「路地へ這入ると、女は曲るたび毎に、迷わぬようにわたくしの方に振返りながら、やがて溝《どぶ》にかかった小橋をわたり、軒並一帯に葭簀《よしず》の日蔽《ひおい》をかけた家の前に立留った。」

このドブのある路地裏の、葭簀《よしず》のかかった家が、お雪の住まいであり、仕事場であり、ありていにいえば売春窟であり、しばし荷風の情欲と情緒を満たす空間であった。以後、荷風はこれを「ドブ際の家」と呼ぶ。

内部は次のようだ。

「荒い大阪格子を立てた中仕切へ、鈴のついたリボンの簾《すだれ》が下げてある。其下の上框《あがりがまち》に腰をかけて靴を脱ぐ中《うち》に女は雑巾《ぞうきん》で足をふき、端折《はしょ》った裾もおろさず下座敷の電燈をひねり、

『誰もいないから、お上んなさい。』」

お雪はこの家の「連子窓」と呼ばれる木の縦格子をもつ「窓」から顔を出して男を誘うのである。荷風はこれを「カフェの女給」（かなりきわどいものであった）に対して「窓の女」とも呼んでいる。

お雪は、荷風を何か違法なものを書いたり出版したりするなりわいと決めつけて親近感をもち、単なる客との関係を越えて親密に接するようになる。

「日蔭に住む女達が世を忍ぶ後暗い男に対する時、恐れもせず嫌いもせず、必ず親密と愛憐との心を起す事は、夥多《かた》の実例に徴して深く説明するにも及ぶまい。鴨《かも》川《がわ》の芸妓は幕吏に追われる志士を救い、寒駅の酌婦は関所破りの博徒に旅費を恵むことを辞さなかった。」

このころの荷風は、官憲に尋問されたり、マスコミに非国民扱いされたりしていたので、そういった雰囲気があったのだろう。

お雪の本当の仕事場は二階である。

「二階は窓のある三畳の間に茶ぶ台を置き、次が六畳と四畳半位の二間しかない。一体この家はもと一軒であったのを、表と裏と二軒に仕切ったらしく、下は茶の間の一室きりで台所も裏口もなく、二階は梯子《はしご》の降口《おりくち》からつづいて四畳半の壁も紙を張った薄い板一枚なので、裏どなりの物音や話声が手に取るようによく聞える。わたくしは能《よ》く耳を押つけて笑う事があった。

『また、そんなとこ。暑いのにさ。』

上って来たお雪はすぐ窓のある三畳の方へ行って、染模様《そめもよう》の剝《は》げたカーテンを片寄せ、『此方《こっち》へおいでよ。いい風だ。アラまた光ってる。』」

都市の小空間に同室する親密な男女の息づかいが手にとるように伝わってくる。もと一軒を二つに割った、江戸の長屋のような、現代でいえばワンルーム・マンションのような、都市の細胞空間である。ドストエフスキーの『罪と罰』では、ラスコーリニコフの「穴倉」のような下宿が、犯行の動機の一つを形成するが、それも成長するメトロポリスの典型空間であった。筆者の世代も若いころ、こういった極小の住まいに馴染みがある。

関東大震災のあとで、「震災後」という言葉が頻繁に登場するが、「わたくし」は、「震災によって旧観を失った街を描きたい」という。つまり荷風は、焼け残った昔の情緒を描こうとしたのではないのだ。玉の井はむしろ震災によって、にわかにできあがったような街であり、のちの東京空襲によって焼失する。荷風は、人災であるにせよ、天災であるにせよ、何か理不尽な外力によって、にわかに湧き出たり滅んだりする、うたかたのような街を、そこに住むうたかたのように滅びやすい人間と滅びやすい生活情緒を描こうとしたのである。

関東大震災における家屋の倒壊は特に下町が多かった。本所、浅草、深川など、まさに荷風の歩いた地域である。軍部と警察が朝鮮人や社会主義者を惨殺する亀戸事件も起きている。

『濹東綺譚』を脱稿したのは、昭和一一年、その二月二六日に青年将校が決起して、雪の東京を血に染めた年の秋である。翌年、朝日新聞に連載中、日本軍は蘆溝橋事件をきっかけに対中戦争に突入し、上野には帝冠様式の東京帝室博物館（かつてコンドルが設計したあと、渡辺仁の設計）が建設されている。

しかしお雪のような人間は、震災や戦災で滅びるような性質のものではない。彼女たちはどんな災害にあっても、その焼け跡から立ち上がり、身体一つで、たくましく飯を食いはじめるものである。

お雪のような女性を本当に殺したのは、地震でもなく、軍国主義でもなく、敗戦でもなく、戦後民主主義であった。売春防止法が施行されたのは昭和三三年であるが、荷風はちょうどそのころ息をひきとっている。日本文学にとって、震災や戦災と同様、大きな節目であった。軍国主義の圧力に抵抗した荷風の姿勢は戦後大いに評価されたが、その後進行する民主主義に対しても、荷風は抵抗の姿勢をつらぬいた。濹東の陋屋《ろうおく》から眺めれば、社会の正義を掲げる連中のとなえる「主義」などというものは、同じ穴のムジナであったのかもしれない。

これほど自由に生きた作家も珍しい。四迷のような志もなく、漱石のような苦悩もなく、もちろん鷗外にあったような権威や責務のカケラもない。ただ豊かな情感としぶとい反骨があった。大正の精神である。


大正期を総じて、その文学に分離派や表現主義が直接登場することはないが、モダニズムの運動が展開したさまざまな意匠とデザインは、無意識のうちに作家の精神に入り込み、次第に日本の文学空間を塗り上げていく。一方では、北ヨーロッパの自然観に影響された田園への視線において。もう一方では、肥大し俗化した都市空間の閉ざされた個室において。乱歩はもちろん、荷風も谷崎も、ある意味で、個室＝密室を描いた作家といえる。文学のモダンは、「ハイカラ」と「ワイザツ」の入り交じる混沌としたまなざしに満ちていた。

人間というものだろう。

社会建築文学年表　明治・大正・昭和

年号	社会	建築	文学
1920 （大9）	国際連盟加入 1920	分離派宣言 1920	
	関東大震災 1923	帝国ホテル 1923	痴人の愛、注文の多い料理店 1924
1926 （昭元）		東京中央電信局 1925 紫烟荘 1926	屋根裏の散歩者 1925 伊豆の踊子 1926 歯車 1927
	世界恐慌 1929		蟹工船、様々なる意匠 1929
1930 （昭5）			
	5・15事件 1932	ブルーノ・タウト来日1933 軍人会館 1934	
			夜明け前 1935
	2・26事件 1936 盧溝橋事件 1937	パリ万博日本館、宇部市民会館 1937 愛知県庁舎 1938 若狭邸1939	墨東綺譚、雪国、暗夜行路 1937 風立ちぬ 1939
1940 （昭15）	真珠湾攻撃 1941		夫婦善哉 1940 日本文化私観（安吾） 1942
			津軽 1944
	戦争終結 1945 日本国憲法 1946		
			斜陽 1947 細雪（完結） 1948
1950 （昭25）	朝鮮特需 1950 サンフランシスコ講和 1951	神奈川県立近代美術館 1951	蘇我馬子の墓 1950
		広島平和記念公園、世界平和記念聖堂 1954 秩父セメント第二工場 1956 東京都庁舎（旧） 1957 香川県庁舎、スカイハウス 1958	潮騒 1954 太陽の季節 1955 金閣寺 1956
1960 （昭35）	安保闘争 1960	東京文化会館 1961	
	東京オリンピック 1964	日生劇場 1963 国立代々木屋内総合競技場、東京カテドラル聖マリア大聖堂 1964 白の家、帝国劇場 1966	砂の女、古都 1962 午後の曳航 1963 個人的な体験 1964 豊饒の海・春の雪、抱擁家族 1965 竜馬がゆく、万延元年のフットボール 1967

建築は竣工年、文学は発表年を表す。設計、執筆、完成、刊行はずれる場合がある。

第五章　起ち上がる美と滅びゆく美

坂倉準三と川端康成の時代

バウハウスとル・コルビュジエ　前川、坂倉、谷口

第一次世界大戦は、機械が人を殺す戦争であった。戦闘機、爆撃機、戦車、潜水艦といった戦闘機械は、この戦争のあいだに開発されたのだ。否でも応でも「機械の時代」がやってきたのである。建築もまた「居住の機械」（ル・コルビュジエ）という考え方が広がり、「機能主義」（functionalism）モダニズムが急速に進行する。

ドイツのワイマールに設立されたバウハウス（一九一九）は、建築と工芸の学校であるが、同時に、機能主義を中心とする（初期には表現主義的な部分も含まれていた）デザイン革新の運動体でもあった。校長のワルター・グロピウス（一八八三－一九六九）は、すでにファグス靴工場の設計においてガラス・カーテンウォールの原型をつくっている。またその前に、AEGタービン工場を設計していたペーター・ベーレンスの事務所で、ミース・ファン・デル・ローエ（一八八六－一九六九）、ル・コルビュジエ（一八八七－一九六五）と一緒になっているが、結局この三人が中心となって、機能主義モダニズムの到達点ともいうべきインターナショナル・スタイル（国際様式）を築き上げるのだ。今日、世界の都市に広がっ

ている、鉄とガラスとコンクリートの、直線、直角、平面で構成された箱型の建築である。世界大戦という言葉のとおり、すべてが「国際化」に向かっていた。

ここでひとつ、エピソードを紹介したい。

筆者は若いころ、叔母の篠田桃紅とともにボストン郊外にあるグロピウス・ハウス（グロピウスの死後、その住まいが記念館のようになっている）を訪れたことがある。旧知の桃紅が、甥の建築家を伴って来るというので、イセ・グロピウス夫人がわざわざ会いに来られた。すでに八〇歳を越える高齢であったが、矍鑠《かくしゃく》として、美しい人であった。

ワルターは、桃紅が初めてニューヨークで個展を開いたときに、作品を買い求めると同時に自宅に招待し「近代建築は装飾を否定したが、これからわれわれは建築と美術の新しい関係を模索しなければならない」と語った、と桃紅はいう。

イセ夫人は杖をつきながら熱心に家を案内してまわり、特に夫人の背丈に合わせてもっとも景色が美しく見えるように窓を切り取ったという説明をするのがうれしそうであった。ひととおりまわったところで立ち止まり、筆者にたずねる。

「最近は日本でも、装飾的な建築が復活しつつあると聞きましたが本当でしょうか」

「そういう傾向はあるかもしれません」

筆者は答えた。

「それを許してはいけません。私たちは民主主義の建築を守るために闘わなくてはいけません」

ここで装飾的な建築とは、形態に歴史の引用を標榜した初期のポストモダン建築を含んでいる。夫人は早口でまくし立てたので、七、八割聞きとるのがやっと。あのワルター・グロピウスが大きな眼をむいて語りかけてくるようであった。まだこんなにも熱く、モダニズムの思想原理を語る人がいることに感動するとともに、バウハウスがヒトラーに弾圧されたという史実が実感された。時の彼方に霞みつつあったが、やはり彼らにとって、機能主義とはファシズムに対する民主主義の闘争だったのである。グロピウスもミースも、ナチの弾圧を逃れてアメリカに渡り、そのことによってインターナショナル・スタイルという概念が確立されるのであるから、国際化が反動としての国家主義を生み、その国家主義が国際主義を生んだともいえる。

ミース・ファン・デル・ローエは、鉄とガラスだけで構成されたシンプルな箱のような、ミニマリズムと評される様式を完成させた建築家で、「less is more（少ないほど豊かだ）」という標語でも知られている。今日のガラス張り建築の原型をつくったといってもいい。

叔母篠田桃紅は、このミースと会ったこともある。シカゴの大金持ちが、彼の代表作の一つ、レイクショア・ドライブ・アパートの最上階を買い切っていて、そこに招かれたときに、ミースも招かれていた。床から天井までガラス張り、地上を見下ろした桃紅は思わずゾクッとしたが、ふと見ると隣にミースが立っていた。

「高い建物に慣れていない日本人には少し怖いですね」

桃紅はいった。

ミースはニヤッと笑ったという。さらにたずねてみた。

「こういう建築はつくるのにお金がかかるのですか」

「かかります」

「安くつくることはできないんでしょうか」

「できません」

ミースは、はっきりと答え、その断定の強さが印象に残ったという。

若いころ、工業的な建築が庶民に安価な建築をもたらすと唱えていたミースも、すでに巨匠として、たとえ高価でも芸術的な価値の高い作品を残そうとしていたのだ。

フィリップ・ジョンソンに会ったときの印象は、周りの人に合わせて世間話をするようなことをひどく嫌っていたようだという。イーロ・サーリネンは礼儀正しい人で、MITのチャペルで会ったとき、「日本の伝統的な建築も周囲に水を使います」というと、大変喜んだという。

ライトには直接会ったことはない。しかしニューヨークにいたときに、留学中の日本人建築家が、グッゲンハイム美術館の工事現場を見学にいって、黒いマントを着て飄々《ひょうひょう》と歩いている人物に出会い「ひょっとしてあなたは、フランク・ロイド・ライトさんじゃないですか」とたずねると、その人物は「パハップスソウ（多分そうでしょう）」と答えた。洒落ているではないか、という。

叔母はもちろん、日本の建築家とも交友が広かった。特に堀口捨己と吉阪隆正の人間性を評価しているようだ。多くの人に好感をもっているが、そうでない人もいる。差し障りがあるかもしれず、活字になることを嫌うので、これ以上のことは伏せておきたい。しかしグロピウスやミースのような巨匠たちが、東洋の女性美術家に示した素顔の一端は、貴重な証言となるかもしれず、筆者が聞いているだけではもったいないので、あえてここに記すことにした。


ル・コルビュジエは、思想的な面においても、造形的な面においても、圧倒的な影響力を発揮したモダニズム史上最大のカリスマであった。

前半期にはサヴォア邸など機能主義的な作風の理論家であったが、晩年にはロンシャンの礼拝堂などきわめて造形的な作風に転じている。ピロティ、屋上庭園、吹き抜け、といったモダン建築の形態ヴォキャブラリーも、エスキスやファサードなど建築にフランス語のヴォキャブラリーが使われるのもコルによる。世界中の建築家が影響を受けたが、日本のモダニズム建築家も彼の弟子筋に当たる人物が多い。

一般に、フランク・ロイド・ライト、ワルター・グロピウス、ミース・ファン・デル・ローエ、ル・コルビュジエを、モダニズム建築の「巨匠」と呼ぶ。たしかに彼らは、歴史のエポックにおいて天才的な能力を発揮し、われわれの時代の建築をそれまでとはまったく異なるものに仕立て上げたのである。

さて日本の建築家は、この巨匠たちの時代にどう呼応したか。

明治の建築家は、来日したヨーロッパ人に洋風建築を学び、大正の建築家は、ヨーロッパの新しい動きを自分なりに理解し、昭和の建築家は、ヨーロッパのパイオニアたちのもとへ学びに行った。

先陣を切ったのは前川國男(一九〇五‐一九八六)である。

昭和三年、芥川龍之介が命を絶った翌年、満州で張作霖が爆殺された年、東京帝大を卒業した前川は、パリのル・コルビュジエの事務所を訪ねて弟子入りしている。二年後には、坂倉準三と入れ替わるようにして帰国し、ライトの流れを汲むレーモンドの事務所に（吉村順三と同時期）入所する。代表作は、神奈川県立音楽堂、東京文化会館など。建築の社会的責任を重視する人で、モダニストの中では、重厚な作品が多い。

坂倉準三（一九〇一－一九六九）は、岐阜県羽島市の蔵元（千代菊）の息子で、パリ工業大学で学んだあとル・コルビュジエ事務所に入所する。なまこ壁をモダンに扱ったパリ万博日本館の設計によって、一躍花形の国際派建築家となった。なまこ壁は、彼の実家の酒蔵を連想させるが、むしろこの扱い方が吹っ切れた国際性を感じさせる。前川や谷口に比べ、坂倉の真骨頂はそういった軽快な合理性にある。代表作は神奈川県立近代美術館であろう。もちろんコルの影響は色濃いが、無理のないモダニズムによって、良質の組織設計事務所を残し、弟子も多い。

谷口吉郎（一九〇四－一九七九）は、金沢、九谷焼の窯元の家に生まれ、東京工大で教鞭を執り、日本大使館設計のためベルリンで過ごした。代表作は秩父セメント第二工場であろうか。筆者は、母校（東京工大）の水力研究所と七〇周年記念講堂に馴染みがあるが、いずれも風格のあるモダニズムであった。小諸と馬籠にある藤村記念堂も評価したい。文学者の記念碑を多く残し、文人建築家という言葉が当てはまるところは、本書として見逃せない存在である。著書『雪あかり日記』には、シンケルへの賛辞が目立ち、グロピ

神奈川県立近代美術館

ウスにはわずかに触れるだけ。怒濤のようなモダニズムが進行する中で、谷口は常に「過去から伝えられたもの（文学、歴史、空間）」に思いを馳せていたようだ。

坂倉がコルの事務所に入所したころ、山口文象が、バウハウスを辞したグロピウスのベルリン事務所に入所している。晩年、東京工大の非常勤講師をしていたので、筆者もその建築に対する熱い想い（グロピウス夫人にも似た）に接する機会をえた。

戦後ではあるが、吉阪隆正（早大教授）も若いころにル・コルビュジエの事務所に学び、丹下健三（東大教授）も若いころはコルの崇拝者で前川國男の事務所で修業した。こうしたことから、東大、早大にはコルビュジエ風の作風が培われている。また清家清（東京工大教授）はアメリカにわたったグロピウスの事務所に学んでいるので、ベルリンの山口文象、谷口吉郎の影響もあって、東京工大には、ドイツ、バウハウス風の作風が培われ、吉村順三が教授となった東京芸大にはライト、レーモンド風の作風が培われている。

巨匠たちに学んだ建築家が教授となることによって、日本の大学をつうじてその作風がＤＮＡのように受け継がれるのも面白い現象ではないか。他の国にはこういったことはないようだ。欧米以外で唯一の先進国とされたこの国は、近代建築史の上でもユニークな道をたどった。

昭和初期、前章に登場した堀口捨己、山田守といった分離派のメンバーや、ここに記した山口文象、前川國男、坂倉準三といった人々によって、いくつかの先進的な機能主義（国際主義）の作品が建てられた。つまり国際化が進んだのだ。

しかし時代は急速に軍国化していく。

ファシズムである。

ヒトラーはローマ帝国風を求め、ムッソリーニは逆に超モダンを求めたが、日本のナショナリズムは建築にも日本的なものを求めた。直接的な軍部の圧力があったわけではないという意見もあるが、時代というものだ。

コンクリートや煉瓦の壁の上に、天守閣風の傾斜屋根が載せられ「帝冠様式」と呼ばれた。帝国主義の冠を載せた様式ということで、これは戦後民主主義思想によって批判の対象となった。帝室博物館、軍人会館（九段会館）、愛知県庁舎などがその代表である。

論壇では折衷主義が再評価され、「日本的なるもの」がさかんに議論された。それが戦後の伝統論争につながっているようだ。

つまりこの時代、学問、芸術の面では国際主義（インターナショナリズム）が進んだのであるが、一般社会の表層では国家主義（ナショナリズム）の色彩が強くなり、日本全体がその軋轢《あつれき》に押し流されていく。この軋轢こそが、昭和という時代の特質であり、もちろん文学にもそれが反映される。

白色のモダニズム　『風立ちぬ』

昭和となると、自然に対するまなざしも、西洋的なものからモダンなものへと、建築と同じように変化する。

堀辰雄（一九〇四 - 一九五三）の『風立ちぬ』は、近代田園文学のある意味の到達点であろう。戦争による都市の破壊は、田園という概念をも破壊したからである。

「私」（作者）は、病に冒された婚約者の節子とともに八ヶ岳の山麓にあるサナトリウムで暮らし、節子は少しずつ衰弱して死を迎えるのであるが、その生を限られた者とそれに寄り添う者の眼によって、山麓の自然が哀しく美しく語られる。

「サナトリウムに着くと、私達は、その一番奥《おく》の方の、裏がすぐ雑木林になっている、病棟《びょうとう》の二階の第一号室に入れられた。簡単な診察《しんさつ》後、節子はすぐベッドに寝ているように命じられた。リノリウムで床《ゆか》を張った病室には、すべて真っ白に塗《ぬ》られたベッドと卓《たく》と椅子《いす》と、―それからその他《ほか》には、いましがた小使が届けてくれたばかりの数箇《すうこ》のトランクがあるきりだった。」

清潔ではあるが無機的な部屋だ。「すべて真っ白に塗られたベッドと卓と椅子」は、あの「先生の家」（『こころ』）の「洗濯したての真っ白なリンネル」を想起させる。双方とも死にゆく者の物語である。そして明らかにモダンである。たとえばアメリカのシェーカー教徒がつくる家具の禁欲的なシンプリシティは、病院などのデザインにつうじる部分があるが、それは、純粋で透明な美しさが支配する、機能主義モダニズムの極致でもあろう。

「八ヶ岳《やつがたけ》の大きなのびのびとした代赭色《たいしゃいろ》の裾野が漸《ようや》くその勾配《こうばい》を弛《ゆる》めようとするところに、サナトリウムは、いくつかの側翼を並行に拡げながら、南を向いて立っていた。―中略―

サナトリウムの南に開いたバルコンからは、それらの傾いた村とその赭《あか》ちゃけた耕作地が一帯に見渡され、更にそれらを取り囲みながら果てしなく並《な》み立っている松林の上に、よく晴れている日だったならば、南から西にかけて、南アルプスとその二三の支脈とが、いつも自分自身で湧《わ》き上らせた雲のなかに見え隠《かく》れしていた。」

「『……あなたはいつか自然なんぞが本当に美しいと思えるのは死んで行こうとする者の眼にだけだと仰《おっ》しゃったことがあるでしょう。……私、あのときね、それを思い出したの。何んだかあのときの美しさがそんな風に思われて』そう言いながら、彼女は私の顔を何か訴えたいように見つめた。」

建築というよりその環境の描写であるが、白いサナトリウムの部屋と、青々とした山麓と、死を予感する会話からだけでも、この物語の帰結を察することができる。「愛」と「死」と「自然」の三点セットといってしまえばそれまでだが、私たちはその文学空間に強く喪失と哀愁を感じないわけにはいかない。リルケの影響が指摘されるが、自然と、滅びと、恋愛の合体は、日本文学の伝統的主題でもあった。

たとえばトーマス・マンの『魔の山』では、サナトリウムを舞台としながらも、きわめて主知的な会話が延々と展開され、一種のビルドゥングス・ロマン（教養小説）となっていて、『風立ちぬ』のような滅びゆく者の哀愁は感じられない。

近年では、村上春樹の『ノルウェイの森』に登場する直子の、精神的な療養所の記述にも、このサナトリウムに似た哀愁が感じられたが、村上の文体はより乾燥している。

堀辰雄自身も肺を病んでおり、その人生のほとんどが療養生活で、主たる療養地は軽井沢であった。たとえば島崎藤村が千曲川や木曾路と結びつくように、軽井沢と堀辰雄の名は強く結びついている。堀が私淑した芥川も軽井沢には多少の縁がある。また堀に私淑した詩人の立原道造も胸を病んで軽井沢の追分で療養したが、彼は建築家でもあった。

昭和初期の田園は、高原の空気の清浄さを反映し、結核の療養と結びついて、何から死を予感させる白色のモダニズムに染められている。

実はこの一九二〇年代後半から三〇年代前半、ヨーロッパにおいて、すべてのモダン建築がサナトリウムと化したかのように、白一色に染められたのだ。ル・コルビュジエの住宅作品は「白い機械」であった。もちろん日本のモダニズム建築家にも反映され、機能主義（国際主義）といえば「白」という時代であった。

今の日本にも、妹島和世《せじまかずよ》とその影響を受けた建築家など、そういった傾向はある。風土や伝統という「色」を消そうとするのか、白色ブームは、モダン・デザインの歴史にたびたび現れるのだ。

東京西部の田園や、信州の山間が、西洋あるいは近代のフィルターに彩られたのに対して、東北地方は、昔のままの原日本的辺境性の表象でありつづけた。

その「奥深さ」に文学的地位を与えたのが宮沢賢治(一八九六-一九三三)である。その影響は東北出身ということが作品を色づけている太宰治(一九〇九-一九四八)や、寺山修司(一九三五-一九八三)にまでつづいている。しかし賢治が、東北を一つの宇宙としてとらえ、ヨーロッパの神秘思想に結びつけるような感覚をもっていたのに対して、太宰と寺山は、東北を常に東京との関係によってとらえ、その距離感を文学化したといっていい。ここにも地方から都会への「落差のまなざし」がはたらいている。その落差は、時に「無頼」ともなる。

また北陸の金沢は、江戸時代から「天下の書府」と呼ばれ、泉鏡花、徳田秋声、室生犀星を初め、多くの文学者を輩出している。そこに見られるのは、田園あるいは辺境とは異なる、北陸の風土と加賀百万石の伝統を背景にした文化的な地域性である。

滅びゆく空間の少女 『伊豆の踊子』『雪国』『古都』

昭和前期を代表する作家として、川端康成(一八九九-一九七二)をあげることに異論はないであろう。ここでは、若いときの作品として『伊豆の踊子』を、壮年の作品として『雪国』を、晩年の作品として『古都』を取り上げる。

谷崎とは逆に、弱い立場の女性を描いた。

『伊豆の踊子』の踊子は旅芸人であり、『雪国』の駒子は温泉町の芸者であり、『古都』の千重子は捨て子であった。彼女たちは一見、古い制度に押し込められ自由を奪われた境遇にあるが、読者はそこに義憤を感じるのではなく、その閉塞的境遇の中でも、健気に、闊達に、それなりの夢と希望を胸にして生きる女性に寄り添いたいという感情に駆られる。川端はそういった「境遇が生み出す美」を慈《いつく》しんでいる。主人公の男性は、『伊豆の踊子』の「私」にしろ、『雪国』の島村にしろ、エリート学生もしくは豊かな知識人であり、相手となる女性との「格差」が一つの情緒をつむぎだす。しかし「踊子」は最後まで踊子であり、駒子は最後まで芸者であり、その立場のままに、そこはかとない感情の揺らぎが小説化される。建築もまた、そこに置かれた女性同様、弱く、儚《はかな》いものとして現れ、日本の自然風景に溶け込んでいる。そこには「田園」とも「辺境」とも異なる、昔から変わらない柔らかく爽やかな風が吹く。

『伊豆の踊子』の冒頭は名文である。

川端康成（上）と伊豆の踊子（下）

「道がつづら折りになって、いよいよ天城峠《あまぎとうげ》に近づいたと思う頃、雨脚が杉の密林を白く染めながら、すさまじい早さで、麓《ふもと》から私を追って来た。

私は二十歳、高等学校の制帽をかぶり、紺飛白《こんがすり》の着物に袴《はかま》をはき、学生カバンを肩にかけていた。一人伊豆の旅に出てから四日目のことだった。修善寺《しゅぜんじ》温泉に一夜泊り、湯ヶ島温泉に二夜泊り、そして朴歯《ほおば》の高下駄で天城を登って来たのだった。重なり合った山々や原生林や深い渓谷の秋に見惚《みと》れながらも、私は一つの期待に胸をときめかして道を急いでいるのだった。そのうちに大粒の雨が私を打ち始めた。折れ曲った急な坂道を駆け登った。ようやく峠の北口の茶屋に辿《たど》りついてほっとすると同時に、私はその入口で立ちすくんでしまった。余りに期待がみごとに的中したからである。そこで旅芸人の一行が休んでいたのだ。

突っ立っている私を見た踊子が直ぐに自分の座蒲団を外して、裏返しに傍《そば》へ置いた。

『ええ……』とだけ言って、私はその上に腰を下した。坂道を走った息切れと驚きとで、「ありがとう」という言葉が咽《のど》にひっかかって出なかったのだ。」

この茶屋の場面は人々の記憶によく残っているのではないだろうか。書き出しの数行に、物語の全結構が象徴されている。高等学校の学生である「私」が、伊豆山中で旅芸人の一行と出会い、数日の動きをともにする。湯ヶ野、下田と、同行してまわりながら芸人一座との関係は深まり、踊子とのあいだに微かな恋心が芽生えるという、それだけの話である。

湯ヶ野に到着した旅芸人の一行は木賃宿《きちんやど》に泊まるが、「私」は意に反して別の温泉宿に案内される。ここで「私」は、一行との立場の違いを認識する。豊かであったわけではないが、この時代、高等学校に入ればやがて日本の将来を背負う立場となる。つまり「私」は、「自分の性質が孤児根性で歪んでいる」と感じながらも、やはり社会的に大切にされる立場だったのであり、旅芸人一行はその逆であった。下田に向かう途中の村々には「物乞い旅芸人村に入るべからず」という立札が見られる。

それは現代よくいわれる格差どころか、はっきりとした差別である。しかしこの小説に蔑みや怨みといった感情はまったく顔を出さない。むしろその立場の違いゆえにほとばしり出る人間の真情を描いている。

踊子は「私」が思っていたよりも年若く、「私」に茶を出すときには、顔を真っ赤にして手をふるわせ、逆に川向こうの共同湯で「私」を見つけると真っ裸で手を振るような「子供」であった。夜、「私」が木賃宿に出向いて、字の読めない踊子に本を読んでやるところが、二人の触れ合いのクライマックスである。

「私は一つの期待を持って講談本を取り上げた。果して踊子がするすると近寄って来た。私が読み出すと、彼女は私の肩に触る程に顔を寄せて真剣な表情をしながら、眼をきらきら輝かせて一心に私の額をみつめ、瞬《また》き一つしなかった。―中略―この美しく光る黒眼がちの大きい眼は踊子の一番美しい持ちものだった。二重瞼《ふたえまぶた》の線が言いようなく綺麗だった。それから彼女は花のように笑うのだった。」

黒眼がちの少女は、川端一生の好みであったようだ。

ここでは、字を読める者と読めない者の格差と、そのあいだを結ぶ憧憬と憐憫の心情が描かれる。やがて伊豆半島の先端から、一方は波浮《はぶ》の港へ、一方は東京の学生寮へと別れるのだが、その先は明らかに別世界であり、今のように、手紙や電話や電子メールなどでやりとりをして再会し恋が育つというようなことはまったく想定されていない。まさに一期一会《いちごいちえ》であった。

この小説で、茶屋や温泉宿の描写が詳細であるとはいえない。川端はむしろ、青々とした伊豆の山々と可憐な踊子の少女に焦点をしぼって、建築の描写を抑え旅情の彼方にぼかしている。

関東大震災の直後、大正から昭和へと転換するときの作品で、川端もまだ若かった。

筆者は、高校生のときに独りで徒歩旅行して（なぜか踊り子に会えるような気がしていた）以来、よく伊豆を訪れるが、この小説がかぶせたイメージがいかに大きいかを感じないではいられない。深い山と入り組んだ海岸が凝縮したような碧《みどり》の半島である。

『雪国』では、雪深い山中の温泉宿と、村の様子と、そこに生きる女性たちの生活ぶりが、もう少し立ち入った視点から描かれている。

「国境の長いトンネルを抜けると雪国であった。夜の底が白くなった。信号所に汽車が止まった。

向側の座席から娘が立って来て、島村の前のガラス窓を落した。雪の冷気が流れこんだ。娘は窓いっぱいに乗り出して、遠くへ叫ぶように、

『駅長さあん、駅長さあん。』」

これもよく知られた書き出しである。トンネルの中の「黒」と雪景色の「白」のコント

ラストが鮮やかに浮かび、「駅長さあん」という葉子の声が耳に残る。文章で読んだのだから「耳に」というのは正しくないのだが、それも川端文学の力であろうか。作品中にも何度か、葉子の透きとおるような声の美しさが強調されている。

しかしこの物語において、主人公たる島村の相手としてずっと登場するのは駒子であり、まだ少女の葉子はときどき顔を出すにすぎない。駒子は芸者らしい気の強さが外に出たハキハキした物言いの性格であるが、葉子は鋭い情念を内に秘めた未詳の存在として対置される。

物語は駒子の仕事場でもある温泉宿を中心に展開される。馴染みになった島村は何度か東京からかようちに情誼《じょうぎ》を重ねるのだが、その過程で雪国の温泉宿とその周囲の村の様子が描き出される。駒子と葉子はお師匠さんの息子をめぐって微妙な関係にあり、そのお師匠さんの家に住み込んでいる。

「柿の木の幹のように家も朽ち古びていた。雪の斑《まだ》らな屋根は板が腐って軒に波を描いていた。

土間へ入ると、しんと寒くて、なにも見えないでいるうちに、梯子《はしご》を登らせられた。それはほんとうに梯子であった。上の部屋もほんとうに屋根裏であった。

『お蚕《かいこ》さまの部屋だったのよ。驚いたでしょう。』―中略―

島村は不思議な部屋のありさまを見廻した。低い明り窓が南に一つあるきりだけれども、桟《さん》の目の細かい障子は新しく貼《は》り替えられ、それに日射《ひざ》しが明るかった。壁にも丹念に半紙が貼ってあるので、古い紙箱に入った心地だが、頭の上は屋根裏がまる出しで、窓の方へ低まって来ているものだから、黒い寂しさがかぶさったようであった。壁の向側はどうなってるのだろうと考えると、この部屋が宙に吊《つ》るさっているような気がして来て、なにか不安定であった。しかし壁や畳は古びていながら、いかにも清潔であった。

蚕のように駒子も透明な体でここに住んでいるかと思われた。」


雪国の養蚕農家の冷え冷えした空気が伝わってくる。空間構造は合掌造を想わせる。この「朽ち古びて、黒い寂しさがかぶさったような」家に住む駒子や葉子にとって、東京から来る客を迎える温泉宿は、いわば「ハレ」の空間なのだ。しかし川端は、この家を汚い惨めなものとしては描かない。「屋根の板が腐って、暗く、寒く、古びて」いても、「いかにも清潔」であり、「駒子の透明な体」に結びついて、美しいのである。

映画会場となっていた繭倉が焼け、二階から放り出された葉子を抱えた駒子が「この子、気がちがうわ。気がちがうわ」と叫ぶ場面で幕を閉じる。読者の脳裏には、天の川いっぱいの夜空と、白銀の雪景色と、燃えさかる紅蓮の炎が交錯する。明と暗、熱気と冷気の混交が、この小説の味わいであろう。時代を象徴しているようでもある。

雪国の生活風俗の描写には、江戸時代に北越の庶民生活を記した名著『北越雪譜《ほくえつせっぷ》』（鈴木牧之《ぼくし》）が参照されている。しかし私たちが感じるのは、雪中生活の労苦や閉鎖村落の因習ではなく、やはりその情緒の深さであり、絵のような美しさであり、あくまで東京人の眼から見た「雪国」である。それが川端文学なのだ。

荷風の『濹東綺譚』と同じころ、日本がファシズムに染まりゆく時代に執筆が開始され、いったん本になったあと再び書きつがれた。

『古都』は最晩年の作であるが、本書としては、京都を舞台としたものを一つ取り上げたかった。

すでに高度成長の緒について、堀江謙一が小さなヨットで太平洋を渡り、坂本九の「スキヤキ」がアメリカで大ヒットする時代、日本の風景は、震災や戦災ではなく、経済成長によって滅びようとしていた。しかし川端は変わらない。

生き別れた双子の姉妹、千重子と苗子が出会う物語であるが、二人の背景となる景観は次のように描写される。

捨て子とされた千重子は、呉服問屋の子供のない夫婦に拾われ愛育されていた。


「千重子が買いものかごをさげて出たのと、ほんの一足ちがいに、うちの格子戸へはいる、若い男の姿を見た。

『銀行の人やわ。』

向うは千重子に気がつかなかったらしい。

いつも来る、若い銀行員だから、さして心配なことではあるまいと、千重子は思った。しかし、足が重くなった。店の前格子の方に寄って、その前格子の一本一本に、指さきを軽くふれて歩いた。

店の格子がつきるところで、千重子は店をふりかえり、また見あげた。

二階のむしこ窓の前に、古い看板も目についた。その看板には、小さい屋根がついている。しにせのしるしのようである。飾《かざ》りのようでもある。

おだやかな春の傾《かたむ》いた日が、看板の古びた金字に、にぶくあたっていた。かえって、さびしく見せた。店の厚い木綿《もめん》ののれんも、白っぽくはげて、太い糸目が出ている。」

いかにも柔らかい文体である。「前格子、むしこ窓、看板の古びた金字、厚い木綿ののれんの太い糸目」などに、京都の由緒ある店構えと、その具体的な構成物に対する千重子の想いが表れる。川端の眼は、都市部においてもその風景に溶け込んだ美を見逃していない。

もう一方の苗子は山にいる。

「山は高くも、そう深くもない。山のいただきにも、ととのって立ちならぶ、杉の幹の一本一本が、見上げられるほどである。数寄屋普請に使われる杉だから、その林相も数寄屋風なながめと言えるだろうか。ただ清滝川の両岸の山は急で、狭《せま》く谷に落ちている。雨の量が多くて、日のさすことの少いのが、杉丸太の銘木が育つ、一つの原因ともいう。風も自然にふせげているのだろう。強い風にあたると、新しい年輪のなかのやわらかみから、杉がまがったり、ゆがんだりするらしい。

村の家々は、山のすそ、川の岸に、まあ一列にならんでいるだけのようだ。」

これは建築の描写ではないが、北山杉は、和風の建築にきわめて重要な役割を果たす柱材である。製材されていないにもかかわらず真っ直ぐに立つ丸太柱は、たとえば篠原一男の「白の家」のように、モダニズムの建築にも調和し、その建築空間に凜とした清々しさを醸し出さずにはおかない。苗子の性格にはその凜として清らかな野生がメタファーされている。

川端文学の主役は、風景とともに少女である。文体そのものからも、少女を想わせる柔らかさと儚《はかな》さがにじみ出ている。青竹のように清々しい可憐な美の妖精であるが、西洋の近代文学に見るような小悪魔的な要素は感じられない。むしろ秘されている。川端の描く少女は、まだ自己の魔性に気づかない、純粋で清冽《せいれつ》な滝水のような、鋭利で俊敏な撥水のような、いわば魔性と紙一重の無垢が、文明の進展によって滅びゆく日本の風景の中で息づいている。

踊子は青々とした伊豆の山中でなくてはならず、駒子と葉子はトンネルを抜けた雪国の湯けむりの向こうでなくてはならず、千重子は京都(中京)の古い商家の前でなくてはならず、苗子は北山杉の林を背景としていなくてはならない。建築もまたこの風景の一端に溶け込んでいる。川端の文学は、可憐な少女と日本の風景の、その下に灼熱の溶岩を眠らせつつも泰然と樹木をしげらせる青山のような一体化である。

三つの作品から、谷崎のような都市と建築と女性像の変遷を読みとることはできない。

川端の作品は常に一定の視座を据えて、ただひたすら滅びゆく日本の美にまなざしを向けている。西洋や近代は、たとえば漱石の前半期の作品のようにどこか敵視されるようなものでもなく、谷崎の作品のように憧憬を抱かれるものでもなく、徹底して排除されるか、登場しても達観される存在なのだ。

命あるもの、形あるものの滅びの美学こそが日本文化の本質であることを考えれば、柔らかい文体ともあいまって、川端こそは、「もののあはれ」という文学的伝統を受けついでいるともいえよう。これほど平易な叙情に徹した作家も珍しい。ノーベル賞の授賞理由は「日本人の心の真髄を表現した」ということだが、それはこの「ジェンダーとしての女性を背負った風景文学の継承」を意味しているのだろう。三島由紀夫が「次は大江君だよ」といったのは、みごとな予言となったが、対照的に新しいタイプの文学が選定された。

川端は谷崎や三島と比べ、建築という概念からは遠い作家であった。しかし茶屋、家並、温泉宿といった言葉には親しい作家であった。

大阪で生まれ、早く両親を失い祖父母に育てられたが、祖父母を失ってからは親戚を頼っている。帝大生のときに一六歳の少女と婚約したが、彼女の心変わりによって破談となる。次々と人間的愛情の対象を失うという育ち方が、彼の文学精神を形成したのだろう。

晩年の川端は奇妙にも、ある政治家の選挙を応援したが、三島の場合と同様、その美意識の一面が不思議な変質をとげて、政治的であることを拒否しつづけてきた人生の、末期《まつご》の閃光として表出したような気がする。

昭和四七年、逗子《ずし》の仕事場で発見され、ガス自殺とされた。

戦後、島木健作の追悼において次のように述べている。

「私はもう死んだ者として、あはれな日本の美しさのほかのことは、これから一行も書かうとは思はない。」

二つの大戦のあいだに起ち上がった「白の機能美」は、なぜか滅びゆく美に通底する。

第六章　戦火の下で

ブルーノ・タウトと坂口安吾『日本文化私観』

戦前に日本を訪れたモダニズム建築家として、ライトと同様に大きな影響を与えたのがドイツからやってきたブルーノ・タウト(一八八〇 - 一九三八)である。ただし作品によってではなく、言論によって。

タウトは、桂離宮と伊勢神宮の簡素な美を絶賛し、逆に日光東照宮の装飾過多を非難し、前者が近代ヨーロッパが目指してきた「機能主義」の美学に一致すると論じた。日本人の曖昧な伝統意識に、国際的、近代的な評価基準を突きつけたのだ。多かれ少なかれ日本人はショックを受けた。

一般的には、これまで古いものとしてきた日本の伝統が、先進として追いかけてきたヨーロッパの建築家によって「近代的」と評価されたことに対する驚きである。専門的な立場の人間は、日本の伝統を、伊勢や桂のようなシンプルなものと、日光のような装飾的なものとに峻別し、後者を徹底否定したことに虚をつかれた。薄々感じてはいても、日本人はこうはっきりとは断じないものだ。ナショナリズムに向かう時代である。日本の伝統を、もとは中国から来たものと区別して賛美したのであるから、大方には好意をもって迎えられた。以後、日本の建築家はモダニズムと日本の伝統の融合を、一つの「正統」ととらえるようになる。

しかしタウトは日本人のナショナリズムをくすぐろうとしたわけではない。彼は一般的には表現主義に入れられるが、集合住宅の設計に見るべきものがあり、社会主義的な思想をもって一時ソビエトで仕事をした。そのためもあってナチスに圧迫され、昭和八年（一九三三）に来日、そのまま亡命している。五・一五事件（一九三二）と二・二六事件（一九三六）のあいだ、軍靴の音高まる時代であった。

さて文学の側から、これに反応したのが坂口安吾（一九〇六‐一九五五）である。昭和一七年三月、タウトと同様の「日本文化私観」と題する一文を書いて、西洋人の評価に同調しがちな日本の文化人を痛烈に批判している。

それは、谷崎が『細雪』を起稿した年であり、シンガポールが陥落し（二月）、国民は連戦連勝に驚喜していたころであるが、少しあとにミッドウェイ海戦（六月）で大敗を喫して以後、連戦連敗に向かう。この文章にはそういった時代性が表れている。建築論としても貴重なものと思われ、少し長めに引用する。

「タウトによれば日本における最も俗悪な都市だという新潟市に僕は生まれ、彼の蔑み嫌《さげす》うところの上野から銀座への街、ネオン・サインを僕は愛す。茶の湯の方式など全然知らない代わりには、猥《みだ》りに酔い痴《し》れることをのみ知り、孤独の家居にいて、床の間などというものに一顧を与えたこともない。

けれども、そのような僕の生活が、祖国の光輝ある古代文化の伝統を見失ったという理由で、貧困なものだとは考えていない。(しかし、ほかの理由で、貧困だという内省には悩まされているのだが――)」

「茶室は簡素をもって本領とする。しかしながら、無きに如かざるの精神の所産ではないのである。無きに如かざるの精神にとっては、特に払われたいっさいの注意が、不潔であり饒舌《じょうぜつ》である。床の間がいかに自然の素朴さを装うにしても、そのために支払われた注意が、すでに無きに如かざるの物である。

無きに如かざるの精神にとっては、簡素なる茶室も日光の東照宮も、共に同一の『有』の所産であり、詮《せん》ずれば同じ穴の貉《むじな》なのである。この精神から眺むれば、桂離宮が単純、高尚であり、東照宮が俗悪だという区別はない。どちらも共に饒舌であり、『精神の貴族』の永遠の観賞には堪えられぬ普請《ふしん》なのである。」(「角川文庫」以下この節同じ)

安吾は、ヨーロッパの進歩主義者が礼賛した、茶室に象徴される日本の侘び寂び文化に対する安易なディレッタンティズムを攻撃する。そして建築に関しては、聖路加病院のそばのドライアイスの工場に関心を示す。

「さて、ドライアイスの工場だが、これが奇妙に僕の心を惹くのであった。

工場地帯では変哲もない建物であるかもしれぬ。起重機だのレールのようなものがあり、右も左もコンクリートで頭上のはるか高い所にも、倉庫からつづいてくる高架レールのようなものが飛び出し、ここにもいっさいの美的考慮というものがなく、ただ必要に応じた設備だけで一つの建築が成り立っている。町家の中でこれを見ると、魁偉《かいい》であり、異観であったが、しかし、ずぬけて美しいことがわかるのだった。

聖路加病院の堂々たる大建築。それに較《くら》べればあまり小さく、貧困な構えであったが、それにもかかわらず、この工場の緊密な質量感に較べれば、聖路加病院は子供たちの細工のようなたあいもない物であった。この工場は僕の胸に食い入り、はるか郷愁につづいて行く大らかな美しさがあった。」

「法隆寺も平等院も焼けてしまっていっこうに困らぬ。必要ならば、法隆寺をとり壊して停車場をつくるがいい。我が民族の光輝ある文化や伝統は、そのことによって決して亡びはしないのである。武蔵野の静かな落日はなくなったが、累々たるバラックの屋根に夕陽が落ち、埃《ほこり》のために晴れた日も曇り月夜の景観に代わってネオン・サインが光っている。ここに我々の実際の生活が魂を下ろしているかぎり、これが美しくなくて、何であろうか。見たまえ、空には飛行機がとび海には鋼鉄が走り、高架線を電車が轟々《ごうごう》と駈けて行く。我々の生活が健康であるかぎり、西洋風の安直なバラックを模倣して得々としても、我々の文化は健康だ。我々の伝統も健康だ。必要ならば公園をひっくり返して菜園にせよ。それが真に必要ならば、必ずそこにも真の美が生まれる。そこに真実の生活があるからだ。そうして、真に生活するかぎり、猿真似を羞《はじ》ることはないのである。それが真実の生活であるかぎり、猿真似にも、独創と同一の優越があるのである。」

安吾らしい不羈奔放《ふきほんぽう》である。生半可な芸術論、建築論、文化論に、鉄槌を下す感がある。イタリア未来派やダダイズムに似た暴力的前衛性も感じさせる。しかしこういった言説が、今日の日本社会でそのまま受け入れられるとは思えない。

「桂と日光の美意識は違う、法隆寺がそばにあれば駐車場は少し離してつくれ、工場の烟や交通の埃は公害だ、猿真似は安易で独創は困難」というのが正論であり、常識である。つまり安吾のいうことは極論だ。

しかしそれでもなお、筆者はこの言葉に痛撃されるものがあることを感じる。

安吾は、人間生活のギリギリの必要性に価値をおき、西洋化と近代化における日本人の憧憬と模倣を直視する。創作における美的な作為を嫌い、即物的な機能的存在そのものを愛する。

たしかに、「美」というものの本質は、一般に思われているほど簡単ではない。時には、誰もが美しいとする景観や芸術より、激戦の傷痕を残す戦闘機や、煤煙を噴き上げる製鉄所の方が美しいのもまた真理である。「衣食足りて礼節を知る」とはいうが、「美」は往々にして、芸術愛好家の余裕よりも、実際家の必要に味方するのだ。

文化というものを論じていて、ときどき感じるのは、それがいつのまにか、社会的な、道徳的な色彩を帯びることによって、本質を見失ってしまうことである。世俗と縁を切ろうとしながらも、どこかで世俗に身を寄せているのだろう。

安吾は新潟の大地主（父親は政治家でもあった）の息子であるが、インド哲学を専攻し、仏教に深く立ち入った。文体には臨済禅的な野趣がある。しかし精神と生活は破天荒、アドルムとヒロポンを多用し、「無頼派」と呼ばれた。

野坂昭如の実父は新潟県副知事であったが、この日本海に面し、昔から越後と呼ばれた土地には、そういった「無頼」の風土があるのであろうか。太宰、寺山の青森とも似た、北の辺境に育つ文化撃力を感じる。

コンピューターつきブルドーザーといわれた元宰相にも、そういったものがあったような気がする。

二つの関西　『細雪』と『夫婦善哉』

『源氏物語』の現代語訳という大仕事を終えた円熟期の谷崎潤一郎は、『細雪《ささめゆき》』という大作の連載にとりかかった。

昭和一七年、戦時中である。

そのためか、関西を舞台にした美しい姉妹たちの物語でありながら、この作家特有の女性嗜好の表現は後退している。とはいえ、そこに描かれる生活の様相は「これが戦時中か」（設定としては太平洋戦争直前の日中戦争中）と思わせるような華やかさである。新しい伴侶、松子の実家をモデルにしている。

船場（大阪の老舗が並ぶ一帯で、日本の商経済の中心といわれた）でも「旧幕以来の由緒を誇る」商家であったが、今は店を閉めてしまった蒔岡《まきおか》家の、次女幸子の身辺に起こる事象を記すかたちで構成されている。

「『こいさん、頼むわ。──』

鏡の中で、廊下からうしろへ這入《はい》って来た妙子《たえこ》を見ると、自分で襟《えり》を塗りかけていた刷毛《はけ》を渡して、其方《そちら》は見ずに、眼の前に映っている長襦袢《じゅばん》姿の、抜き衣紋《えもん》の顔を他人の顔のように見すえながら、

『雪子ちゃん下で何してる』

と、幸子《さちこ》はきいた。」

これがこの長い物語の書き出しで、いきなり幸子のあでやかな下着の化粧姿と二人の妹に対する主人然とした様子が立ち現れる。幸子は、使用人からは「御寮人《ごりょうん》さん」と呼ば

れている。

物語は、三女雪子のいくにんかの男性との見合いと、四女妙子のいくにんかの男性との恋愛事件を追って進行し、雪子の見合いは、関西の伝統的な上流（ブルジョワ）の空間、高級ホテル（神戸のオリエンタル・ホテルが頻出する）、名のある料亭やレストランなどを舞台として、妙子の恋愛は、新しい時代の空間、たとえばアトリエ、アパート、バーなどを舞台として展開される。

とはいえ、主舞台が芦屋にある幸子の家であることははっきりしている。ほとんどの記述はこの家で展開され、その他の舞台空間は、幸子の家という太陽をめぐる衛星のように配されているにすぎない。

「いったいこの家は大部分が日本間で、洋間と云うのは、食堂と応接間と二た間つづきになった部屋があるだけであったが、家族は自分達が団欒《まどい》をするのにも、来客に接するのにも洋間を使い、一日の大部分をそこで過すようにしていた。それに応接間の方には、ピアノやラジオ蓄音機があり、冬は煖炉《だんろ》に薪を燃やすようにしてあったので、寒い時分になると一層皆が其方《そちら》にばかり集ってしまい、自然そこが一番賑《にぎや》かであるところから、悦子も、階下に来客が立て込む時とか、病気で臥《ね》る時とかの外は、夜でなければめったに二階の自分の部屋へは上って行かないで、洋間で暮した。」

悦子というのは幸子の娘で、雪子になついているのだ。

この家の空間構造は、物語にとっても大きな意味をもつが、何よりもその主人たる幸子と一体であり、家の描写がそこに住む女性を性格づけるという点では、谷崎のこれまでの作品と同様である。別に「離れ」があり、幸子の夫貞之助はこの離れを書斎としている。幸子のモデルが松子であれば、この貞之助が谷崎自身ということになるが、存在感は希薄である。

家の構造とともに、芦屋という場所柄が重要な意味をもつ。

大阪と神戸のあいだ、すなわち阪神間は、どちらかの都市に仕事をもつ関西人の住宅地として発達した。六甲山脈の麓の山側が富裕層、海側が庶民層と、はっきりとした階層分布をなし、そこに阪急、国鉄（JR）、阪神と、三本の鉄道が、まるで乗客の階層を分けるように並んで走っている。東京では高級住宅地といってもポツポツした小さなまとまりであるが、こちらは北大阪から神戸にかけての広大な一帯であり、六甲を背にして太平洋を望むかたちの南斜面は、大宅壮一をして「日本の特等席」といわしめた。

しかも芦屋だけは、山から海へ高級住宅地が張り出していて、三本の線路を越えて、松の木の多い海辺までずっとお屋敷がつづいているから、その周辺の店舗などもハイカラなものが多く、関西のステータスを象徴する住宅地となっている。

しかしこの芦屋の家は、蒔岡家の分家である。

本家は大阪の上本町にあり、長女の鶴子と婿の辰雄が継いでいるが、船場の商売はすでにたたんでいるから、辰雄は銀行に勤めている。

「そう云う姉が現在住んでいる上本町の家と云うのは、これも純大阪式の、高い塀《へい》の門を潜《くぐ》ると櫺子格子《れんじごうし》の表つきの一構えがあって、玄関の土間から裏口まで通り庭が突き抜けてい、わずかに中前栽《なかせんざい》の鈍い明りがさしている昼も薄暗い室内に、つやつやと拭き込んだ栂《とが》の柱が底光りをしていようと云う、古風な作りであった。」

関西に典型的な日本の古い町家である。鶴子はもちろん、幸子もこの家に愛着をもっていて、辰雄に転勤の命が出て、人手に渡さなくてはならなくなることをおそれている。

「その癖平生《くせへいぜい》は、あんな非衛生的な日あたりの悪い家はないとか、あんな家に住んでいる姉ちゃん達の気が知れないとか、あたし達は三日もいたら頭が重くなるとか、雪子や妙子達とよくそんな蔭口をきくのであるが、でも大阪の家が全然なくなると云うことは、幸子としても生れ故郷の根拠を失ってしまうのであるから、一種云い難い淋しい心持がする道理であった。」

上本町の本家の「古さと暗さ」が、芦屋の幸子の家の「新しさと明るさ」を際だたせる。栄華をきわめた一族とその衰退を描くという点では、『平家物語』にも似て、ブルジョワの「家」の衰亡を描くという点では、トーマス・マンの『ブデンブローク家の人々』や、マーガレット・ミッチエルの『風と共に去りぬ』を彷彿とさせる。

とはいえ谷崎は豊饒《ほうじょう》の美を描く作家であり、衰えは包み込み、かすかに感じさせるにすぎない。幸子の家は、西洋人(ロシア人、ドイツ人、スイス人。時節柄、英米人は避けられている)とのつきあいも多く、きわめて西洋的かつ近代的な印象を与える。暗い世相の中で、そこだけはポッと光が当たったような空間だ。

この家を中心にして、主として関西の、特に阪神間の、特に芦屋の、都市風俗が詳細に描かれるのであるが、それに加えて、平安神宮の花見が毎年の恒例となっているところから、京都も、結局は辰雄が東京に転勤になることから、東京も、部分的な舞台となり、ミヤコホテルや帝国ホテルなども登場する。また作者自身の美食家ぶりを思わせる料理屋とその料理、あるいは映画や歌舞伎などの役者や出し物の固有名詞が頻出し、この時代の上中流日本人の生活ぶりが浮かび上がる。

とはいえ、関西在住の批評家からは「本当の大阪人が描けていない」とか「あくまで東京人の趣味である」と評された。そのとおりなのだろう。

谷崎はあくまで江戸っ子であり、彼の関西好みは、震災後の即物的な近代化によって東京の「古き良き文化」が失われていくことに対する抵抗と、歴史的な文化に対する憧れが重ねられている。作家本人が『「細雪」回顧』の中で、時勢の弾圧下にあって「頽廃的な面が十分に書けず、綺麗ごとで済まさねばならぬ」ところがあったと記しているが、饒舌ともされる、ブルジョワ生活の記述はそのためでもあろうか。またそれが、この作品に独特の華やかさとゆかしさを与えることになった。

しかしその光に満ちた芦屋の家も、幸子と雪子と妙子の華やかな生活も、時代とともに変質せざるをえない。結局、妙子はある「バアテンダア」の子を死産し、雪子は子爵の子で建築家として復帰する予定（かつては建築事務所をやっていたが現在は財産で食っている）の相手と結婚する。この時期は昭和一六年の春と設定されているが、その年の暮れ、真珠湾攻撃が敢行され、日本は太平洋戦争に突入した。

一般にこの『細雪』という小説については、蒔岡家の美しい四人姉妹を描いているといわれ、幸子を語り部のように、雪子と妙子を主人公として物語が展開するといわれるが、これは、映画などの影響にもよる、俗な見方である。

たしかに蒔岡家は、四人姉妹ではあるが、明らかに鶴子は脇役である。「幸子」という名は、ほとんどすべてのページにといっていいほど登場し、「雪子」も「妙子」も数ページに一度は登場するが、「鶴子」という名は、この長い物語の中で、よほど探さなければ見つからないほど意識的に消されている。文中ではほとんど「本家の姉」と表現され、彼女の容姿や性格すら浮かんでこない。しかも分家に起居する三人姉妹は本家をこころよく思っていないのだ。幸子がことさらに二人の妹の面倒を見る家父長的な行動をとるのは本家に対する反発からでもあり、鶴子と婿の辰雄をふがいなく思っているからでもある。この物語は決して四人姉妹の物語ではなく、明らかに三人姉妹の物語なのだ。

しかし本当をいえば、この物語の主人公は幸子ただ一人であると筆者は考える。

一見、雪子の見合いと妙子の恋愛という事象をめぐって物語が展開するのであるが、そこに彼女たちの心理が詳細に描出されているとはいいがたいのである。彼女たちの行動をめぐって、その文面に立ち現れるのは、幸子の心理の細かい綾であり、生暖かいほどの息づかいなのだ。むしろ二人の妹は、幸子の心理と行動を表現するために動いているようにさえ思える。

谷崎は、どの小説においても、一人の女性の姿態と性格と行動をよく観察し、それを小説の主題そのものにしている。たしかに多数の女性を主人公とする『源氏物語』を想わせはするが、ここに光源氏はいない。幸子は単なる語り部ではなく、この『細雪』のただ一人の主人公である。谷崎の作品については、よく母性崇拝が指摘されるが、幸子には、二人の妹を一人前にしたいという、強い「家父長的」な性格が見られる。「御寮人さん」とは、御館様、御殿様と同様、建築の主人であることを示す尊称である。谷崎の女主人公たちはまず、空間の支配者なのだ。

谷崎はみずから食道楽を尽くした。これほど贅沢（嗜好として）に生きた作家も珍しい。

しかしながら、ここに現れているのは、芦屋の文化であって、大阪の文化ではない。ある文学通の知人は「それでは偏っているからオダサクを入れたらどうか」という。これはもっともな忠告であった。

織田作之助（一九一三－一九四七）の『夫婦善哉《めおとぜんざい》』である。

筆者はこれを、何となく通俗的なものと考えていたが、そうではない。柳吉という道楽者に尽くす蝶子という健気な芸者の物語であり、これこそどっぷり大阪というような逸品である。たしかに映画にもなり、演歌などにも歌われ、大衆を扱い、大衆に染み込んでいるが、大衆文学としてかたづけられるようなものではない。西鶴を敬していたオダサク独特の語り口で、江戸期の戯作文学を思わせるような速度でグイグイと進行する。まず、借金に追われながらも河童横丁《がたろ》で一銭天麩羅屋を営む蝶子の実家の様子が描かれる。やがて器量のよい娘に育った蝶子は、曾根崎新地に芸者に出て、そこで柳吉という妻子ある男となじみになる。

「柳吉はうまい物に掛けると眼がなくて、『うまいもん屋』へ屢々《しばしば》蝶子を連れて行った。彼に言わせると、北にはうまいもんを食わせる店がなく、うまいもんは何といっても南に限るそうで、それも一流の店は駄目や、汚いことを言うようだが銭を捨てるだけの話、本真《ほんま》にうまいもん食いたかったら、『一ぺん俺《おれ》の後へ随《つ》いて……』行くと、無論一流の店へははいらず、よくて高津《こうづ》の湯豆腐屋、下は夜店のドテ焼、粕饅頭《かすまんじゅう》から、戎橋《えびすばし》筋そごう横「しる市」のどじょう汁と皮鯨《ころ》汁《じる》、道頓堀相合橋東詰《どうとんぼりあいおいばしひがしづめ》『出雲屋《いずもや》』のまむし、日本橋『たこ梅』のたこ、法善寺境内『正弁丹吾亭《しょうべんたんごてい》』の関東煮、千日前常盤座横《せんにちまえときわざ》『寿司捨』の鉄火巻と鯛《たい》の皮の酢味噌、その向い『だるまや』のかやく飯《めし》と粕じるなどで、何《いず》れも銭のかからぬいわば下手《げて》もの料理ばかりであった。芸者を連れて行くべき店の構えでもなかったから、はじめは蝶子も択《よ》りによってこんな所へと思ったが、『ど、ど、ど、どや、うまいやろが、こ、こ、こ、こんなうまいもん何処《どこ》イ行ったかて食べられへんぜ』という講釈を聞きながら食うと、なるほどうまかった。」

梅田の安化粧品屋の息子、柳吉は吃音である。

ここには『細雪』とはまったく異なる、「げてもの」的「くいだおれ」ぶりが描かれる。あとに扱う村上春樹もそうだが、関西の文化には、学者的、官僚的な一般化、抽象化を拒否し、固有名詞の具体性によって、ものごとの中身をいきなり鷲づかみにするような感覚がある。この小説ではそれが、場所と食い物に現れているのだ。

やがて二人で駆け落ちの相談がまとまり熱海へ出るが、そこで関東大震災に出くわし、大阪へ舞い戻って二人で暮らしはじめる。しかし甲斐性なしの柳吉は、つとめ仕事は長続きせず、二人で剃刀屋をはじめたがうまくいかない。天性の芸者気質をもつ蝶子は、あくまで陽気に、あくまで健気に、ヤトナ芸者（臨時雇いで宴会に出る芸者）をやりながら生活を支え、柳吉を勘当した父親の許しをえて晴れて夫婦になることを夢見つつ、金を貯め、ようやく小さな関東煮（関西のおでん）の店を開く。

初めのうちは柳吉もよく働いて、この店はそれなりに繁盛するのだが、やがてもちまえの道楽癖が顔を出し、せっかく蝶子が貯めた金を遊蕩に使い果たして店じまい。

住まいの内部が描かれるのは、蝶子が家を空けて遊びほうけていた柳吉を折檻する場面である。

「『維康柳吉いう人は此処《ここ》には用のない人だす。今ごろどこぞで散財していやはりまっしゃろ』となおも苛《いじ》めにかかったが、近所の体裁もあったから、そのくらいにして、戸を開けるなり、『おばはん、せ、せ、殺生やぜ』と顔をしかめて突っ立っている柳吉を引きずり込んだ。無理に二階へ押し上げると、柳吉は天井へ頭を打っつけた。『痛ア！』も糞《くそ》もあるもんかと、思う存分折檻した。」

頭をぶつけるほど天井が低いのか、二階に押し上げる蝶子の力がすさまじいのか。谷崎のタイプとは異なるが、ここでも家を支える蝶子は圧倒的に強い。

関東煮のあとは果物屋をやるがこれもうまくいかず、蝶子は芸者に逆戻りするが、たまた出会った昔の芸者仲間で今は金回りのいい金八の援助によって、今度はカフェを開き、この店は、蝶子天性の客あしらいと気ばたらきで繁盛する。しかし柳吉の父親の葬式で一悶着があり、蝶子は勢い余ってガス自殺を図るが助けられ、一度は出奔する柳吉も戻って、最後は二人で法善寺境内の店で夫婦善哉を注文するシーンで幕となる。

大阪の下町の空気が手にとるように伝わってくる。しかし建築の様子が細かく描かれているとはいいがたい。さまざまな店舗の、不動産的、営業的、つまり商いの条件だけが細かく書かれ、住まいの記述といえば折檻の場面ぐらいである。おそらく不要なのだろう。この時代のこの地区のこういった種類の家なら、決まったようなものだったのだ。場所と食い物の記述が圧倒的であり、逆にいえば、それがこの時代の大阪の下町の都市であり建築であったということではないか。

「うまいもんは南に限る」と柳吉がいうように、二人の生活範囲は道頓堀あたりを中心とするいわゆるミナミで、蝶子との関係を認めようとしない柳吉の実家がキタの梅田であるところから、この物語全体に、ミナミからキタへの、怨みを含んだまなざしが感じられる。

この小説が書かれたのは昭和一五年、物語は大正の末から昭和の初めを時代背景としているが、大阪もすでに御堂筋を中心に近代化が進みつつあった。オダサクはその近代化に向かう風景を避け、あくまで古い、淀んだような大阪の空気の粘性を描いている。すなわち経済都市ではなく、商いの街としての大阪である。

それにしても、天麩羅屋からはじまって善哉屋まで、蝶子と柳吉が選ぶ仕事も、登場する建築も、ほとんどが食い物屋、まさに食いだおれの街であり食いだおれの小説だ。

『細雪』とほぼ同時代に書かれている。ここに並べてみれば、一方がいかにハイカラなものであり、もう一方がいかに庶民的なものであったか。この対極的な二つの生活様式の同居こそ、関西の文化というべきか。上流と下流といってもいいが、現在いわれる格差ではなく、それぞれに異なる文化として共存し、それぞれに贅沢である。谷崎も、オダサクも、それが消滅することを惜しんだ。つまりそれぞれの文化が元気である限り、格差社会などという言葉は生まれないのだ。

織田作之助は、太宰治、坂口安吾らと並んで「無頼派」と称され、文学通にはオダサクでとおっている。大阪には「北の無頼」とは違う「浪速《なにわ》の無頼」がある。それは人間の「芸」として現象するもののような気がする。ここに現れているのは、オダサクの芸としての、蝶子の芸としての、人生であった。
それにしても蝶子は、勝気で、陽気で、健気な、働き者の「いい女」である。大阪人に独占されているのはもったいない。『夫婦善哉』は、坂田三吉や、桂春団治と並んで、大阪の土に深く染み込んでいる。よく味の染み込んだカントダキのように。

筆者が大阪という街を知るのは、昭和四〇年代のはじめであるが、そのころまでは東京と比べて、こういう雰囲気が残っていたような気がする。天六《てんろく》、上六《うえろく》、十三《じゅうそう》といった下町を歩くと、オリンピックを契機に変貌をとげた東京と比べて、まだこんな街があったかと、いかにもおそろしげな雪駄履きのオニイサンや、腹巻露わのオッサンがうろついていたが、万国博覧会を契機に、今度は大阪が一気に近代化され、かつてのドキドキ感は失われた。
お雪を殺したのは売防法、蝶子を殺したのは再開発。民主主義と経済成長といっていいだろうか。何事にも裏面がある。

近年、未発表の続編原稿が発見されたという報道があった。

小林秀雄の建築論『蘇我馬子《そがのうまこ》の墓』

どこまでも深く錘鉛《すいえん》を降ろす思考が、あまねく通用する言葉を生む。

小林秀雄（一九〇二-一九八三）は、同時代の文芸批評から出発し、そのスコープをドストエフスキーや西行など、西洋文学、古典文学に拡大、さらにはモーツァルトやモネやピカソなど、音楽、絵画、あるいはニーチェやショーペンハウエルや本居宣長など、哲学、思想にまで拡大した。

西洋の近代と日本の古典を同時に語ったが、それを比較しようとしたのではなく、共通するものを探ろうとしたのだ。小林には、当代日本人の付和雷同ぶりの対極にあるものとして、西洋近代文化史における巨人と、日本古典文化史における巨人に、共通するものが見えたのだろう。彼がさまざまな素材を論じつつ一貫して求めつづけたのは、時代と社会とに切実にかかわりながらも、観念としての歴史性と社会性を超える、強固に個人的かつ普遍的な精神である。

東京は神田の生まれ、後年は鎌倉に住んだ。

小林の講演を録音テープで聴いたことがあるが、意外に甲高い声の江戸弁である。東京の下町出身という点では、漱石、荷風、谷崎につうじる。東大仏文、あの建築家辰野金吾の息子辰野隆の弟子でもある。ランボーの詩集を訳してもいる。

残念ながら建築についてはほとんど語っていない。しかし唯一、「蘇我馬子の墓」と題する、巨石構造物を論じたものがある。昭和二五年、朝鮮戦争の特需によって日本が復興の波にのろうとするころの作であるが、坂口安吾の「日本文化私観」同様、文学者の建築に対する論評として貴重なものである。

「私は、ギリシアの神殿もローマの城も見た事がないが、いつか古北口で万里長城を見た時の強い感情を忘れる事が出来ない。私は、廃墟というものを生れて初めて見たと思った。日本の建築は、廃墟さえ、死人にとって最適の住居さえ作る事が出来ぬ。馬子の墓を作った石工達が、土台で仕事を止めて、あとは大工にまかせて了ったとは、どういう事だったのだろう。残念な事である。こう地震が多過ぎ、湿度が高過ぎては、石屋ではどうにも手がつけられなかったのかも知れない。それにいい材木が、やたらにころがっていた国だったせいもあろう。それよりも、仏教渡

小林秀雄

来とともにやって来た建築家の幹部が大工だったという事の方が重大かも知れぬ。では、どうして中国でも、石屋はやたらに大きな岩窟を掘ったが、建築の方では駄目だったのだろう。——中略——わが国の、滅び易い優しいあらゆる芸術は、先ず滅び易く優しく作られた建築という基本芸術の子供であろう。堅く、重く、人間に強く抵抗する石は、頑丈な手を作り出すだろう、軽い従順な木が作り出す繊細な手は、やがて組織力を欠いた思想を作り出すだろう。」

文学評論においては一筋縄でいかない小林も、ここでは実に子供らしい発想で、日本の建築に対する素朴な疑問を投げかけている。

しかしその赤子のような純粋な疑問の発し方こそ、彼一流の眼力を示すものだ。そこには専門家でもなかなかたどりつかない日本建築の要諦ともいえる疑問、それがあまりに子供らしい疑問であるからこそ、専門家には答えるのが難しいような基本的な問題が的確に展開されている。

「馬子の墓」とは、大和地方の「石舞台」で、古墳の土盛りがなくなって巨石の架構が露出したものとされている。これを「土台」と呼ぶのは奇妙であるが、明治にいたるまで古墳の石室と城郭の石垣以外に、石造（あるいは煉瓦造）の建築が存在しなかったということが、この国の大きな文化的特質であることはまちがいないのだ。

建築様式は主としてその自然風土によっている。その原因に地震が多いことと高温多湿をあげるのは普通の考えであるが、「いい材木がやたらにころがっていた」というのは、慧眼《けいがん》である。実際、自然風土の影響は、環境的なものよりも生産的なものが強い。大陸では地震国でも煉瓦造のところが多いし、東南アジアや中米のマヤなど高温多湿の地域でも石造建築が存在する。木造建築の分布は樹木植生とほとんど一致しており、日本に木造の伝統が発達したのは、まず建築に向いた樹木の豊富さによるのである。しかし風土ばかりでなく、文化文明の伝播によるところも大きい。日本の宗教建築が木造であるのは、仏教が中国、韓国から伝わったことによるのであって、この三国は、宗教建築を木造でつくる、世界でも珍しい文化なのだ。東南アジアは仏教がインド、スリランカから伝わったので、宗教建築が石造、煉瓦造になっている。

この小林の疑問は、「文学の中の建築」と並ぶ筆者の専門研究分野「建築様式の分類と分布」において筆者が考えてきたことに近い。また「堅く、重く、人間に強く抵抗する石は、頑丈な手を作り出すだろう、軽い従順な木が作り出す繊細な手は、やがて組織力を欠いた思想を作り出すだろう」というのは、まさに筆者の処女作『建築へ向かう旅』の「積み上げる文化と組み立てる文化」の論理である。

この文が所収されている新潮文庫の『モオツァルト・無常という事』は、長く筆者の書架にあったもので、古びて紙が黄色くなっている。おそらくは大学院生時代に買ったものだろう。学生時代から愛読した批評家がたまたま書いた建築に関する論評が、筆者の長年にわたる仕事を象徴的に表現するようなものであったことに、ある種の驚きを感じると同時に、影響というものは、無意識の深みにおいて、何枚もの薄い絹が堆積するような静かな現象であると思わされる。漱石とともにこの人も、筆者の人生にとって大きな存在であった。

漱石や谷崎の文体が饒舌気味であるのに対して、坂口安吾と小林秀雄の文体は簡潔で俊敏だ。一般に日本の哲学者が西洋哲学の紹介者にとどまっているのに対して、安吾や小林のような文学者の方が、はるかに深遠に「美」という哲学的課題を論じえているように思えるのは、言語の構造によるのかもしれない。あるいはそれが、日本の美というものの特質であるのかもしれない。

それにしてもこの石舞台は、日本建築の歴史に異彩を放つ。

他の古墳と比べて、土盛りがなくなるというのも不思議なことで、またヨーロッパに多いドルメンやメンヒルと比べても、その天井石はあまりに巨大である。自然の力と人間の力が合わさったような気がしてならない。中学の修学旅行でこの巨石の上に登って悪ふざけしたことを想い起こすが、何とも不敬なことであった。

昭和前期を総じて、建築家は一方で国際主義に向かうと同時に、もう一方で国家主義に寄り添っていくが、小説家は、特にここにとりあげた作家たちは、むしろそういった「主義」によって、抑えられた情緒を、あるいは滅びゆく美を、描こうとしている。しかし、その国際主義と国家主義の軋轢《あつれき》がこの時代を総合的に特徴づけていることは確かである。

日本人が一体となって戦った空前の時代であった。歴史上、これほど日本の文化が意識されたこともなく、日本の風景が意識されたこともない。そのことが建築にも文学にも表れている。

無頼派の時代でもあったが、時代そのものが無頼でもあった。

戦後しばらくして、国際的であることをもっとも拒否してきた作家が、ノーベル賞を受賞した。

社会建築文学年表　明治・大正・昭和

年号	社会	建築	文学
			津軽 1944
	戦争終結 1945		
	日本国憲法 1946		
			斜陽 1947
			細雪（完結）1948
1950（昭25）	朝鮮特需 1950		蘇我馬子の墓 1950
	サンフランシスコ講和 1951	神奈川県立近代美術館 1951	
		広島平和記念公園、世界平和記念聖堂 1954	潮騒 1954
			太陽の季節 1955
		秩父セメント第二工場 1956	金閣寺 1956
		東京都庁舎（旧）1957	
		香川県庁舎、スカイハウス 1958	
1960（昭35）	安保闘争 1960		
		東京文化会館 1961	
			砂の女、古都 1962
		日生劇場 1963	午後の曳航 1963
	東京オリンピック 1964	国立代々木屋内総合競技場、東京カテドラル聖マリア大聖堂 1964	個人的な体験 1964
			豊饒の海・春の雪、抱擁家族 1965
		白の家、帝国劇場 1966	
			竜馬がゆく、万延元年のフットボール 1967
1970（昭45）	安保延長、大阪万博、三島由紀夫事件 1970		
	日中国交正常化、列島改造論 1972	中銀カプセルタワー 1972	
	オイルショック 1973		箱男 1973
			岬 1975
	ロッキード事件 1976	住吉の長屋 1976	限りなく透明に近いブルー 1976
			風の歌を聴け 1979
1980（昭55）			
		つくばセンタービル 1983	
		シルバーハット 1984	
			世界の終りとハードボイルドワンダーランド 1985
	東京サミット 1986		
	国鉄分割 1987	東京工業大学百年記念館 1987	ノルウェイの森、サラダ記念日、キッチン 1987
1989（平元）	昭和天皇崩御 1989	光の教会 1989	
1990（平2）		東京都庁舎（新）1991	

建築は竣工年、文学は発表年を表す。設計、執筆、完成、刊行はずれる場合がある。

第七章　日章の名残

丹下健三と安部公房の時代

戦争と平和のコンペティション　丹下健三の登場

あの八月一五日から、ちょうど一年後の夏。

東京からやって来た一人の男が広島の街を歩いていた。

焼け跡を進みながら、この街が復興する姿を少しずつ想い描く。男の脳裏には戦争前の姿がはっきりと刻み込まれていたが、そのすべてが焼き尽くされたのだ。

ふと立ち止まって見上げた先には、ドーム屋根が破壊されて鉄骨だけが残る、広島県産業奨励館の姿があった。

「残るからこそ痛々しい……そうだ。これをシンボルにしてみようか」

男の頭の中で、広島の街に一つの「軸線」が描き出された。

丹下健三（一九一三-二〇〇五）である。

すでに東京帝国大学（一九四九年より東京大学）の助教授であった。愛媛県今治の出身で、広島高校で学んでいるから、この街は彼の故郷ともいえる。前川國男の事務所を経て大学院に進み、大東亜建設記念造営の設計競技（コンペティション）で一等を取り、その世界では若手建築家として注目される存在であった。

仕事を取ることに猛烈な情熱を燃やす。

彼は周到に計画を練り上げ、広島平和記念公園のコンペに挑戦して、みごとに勝ち取った。それは平和大通りと直交する南北の軸線上に、慰霊碑と、今では「原爆ドーム」と呼ばれる奨励館を配し、その正面に平和記念資料館を水平に展開する、都市と建築が一体となった象徴性の強い計画であった。記念館は全面的にピロティ、細かい縦ルーバーで立面を構成する。学生時代から憧れていたル・コルビュジエの作風と、日本の伝統を融合させたものといっていい。

大東亜建設記念造営の案と類似した軸線象徴性を有することもあり、軍国主義的な建築から一転して平和日本の象徴を、同様の手法で射止めたことに対する批判もあった。たしかに彼は時の権力に臆面もなく寄り添うのであるが、この軸線象徴性は、丹下の都市と建築の計画に必ずといっていいほど現れるという点では一貫しており、何よりもそのみごとな象徴美は、建築家としての図抜けた才能を示している。多くの人々の意識を集中させる空間ということにおいて、ファシズムと平和の希求は矛盾しなかったのだ。

日本建築界の旗手となった丹下は、その後、旧東京都庁舎では鉄のルーバーで、香川県庁舎では軒の水平線を強調するかたちで、近代的な技術によって木造の伝統を偲ばせる形態を実現し、戦後日本の庁舎建築のモデルをつくる。つづいて、東京湾上に都市軸を展開する「東京計画１９６０」を発表、垂直軸に階段やエレベーターを配し、水平軸に廊下や部屋を配するメガストラクチャーを提案する。ル・コルビュジエがいくつかの都市計画を提案しそれにもとづいたピロティや屋上庭園を建築ヴォキャブラリーとしたように、これはその後も丹下の都市計画と建築計画の基本的な手法となった。

そして昭和三九年（一九六四）、今日でもなお評価の高い、東京オリンピックの国立代々木屋内総合競技場、東京カテドラル聖マリア大聖堂を完成させる。前者はみごとな吊り構造の造形で、ひねりを加えたテンションが生み出す曲線は何ともいえないダイナミズムを感じさせる。後者は、専門的にいえばＨＰシェルの構造を、上から見てキリスト教の十字の造形に仕上げたもので、これも卓抜した発想であった。

日本建築界に大スターが誕生したのである。

われわれは、これらの難しい仕事を実現させた坪井善勝という稀有《けう》な構造家と、多くの建築技術者にも拍手を送らなくてはならない。丹下の設計は、当時では困難と思われるほど挑戦的な技術で構成されており、あの時代の、エネルギッシュで精密な技をもつ日本人だからこそ達成できたのだ。スターは日本の総力によって送り出されたのである。

そして大阪万博（一九七〇）におけるお祭広場のスペースフレーム大屋根へとつづくこ

の時期、丹下研究室には、大谷幸夫、槇文彦、磯崎新、黒川紀章といった、綺羅星《きらぼし》のごとき若手建築家が集まっていた。彼らがそれぞれに仕事をこなした万国博覧会は、建築的には丹下グループの博覧会であったといってもいい。

丹下という建築家には毀誉褒貶《きよほうへん》がつきまとう。

左翼的な思想には目もくれず、国家権力と寄り添いながら、まっしぐらに規模も意義も大きい仕事を取っていく。この建築家は、日本という国が戦前は軍事的に、戦後は経済的に奇跡的な発展を遂げる、その時代の成果のほとんどを自己の作品として形にする機会に恵まれたのである。

つまり一国家の近代的発展がそのまま彼の作風となっているので、後半生は成熟社会となった日本よりも、東欧やイスラム圏の、まさに発展の途上にある国の仕事が多かった。オイルショックを機に、経済成長が一段落した日本に見切りをつけるようにして産油国の仕事を取り、クエート国際空港、ダマスカス国民宮殿、サウジアラビア王国国家宮殿などを実現させた。筆者は雑誌に掲載された完成写真を見て模型写真かと思ったほどだ。このころアメリカの大規模設計事務所を訪れる機会があったが、「われわれの競争相手はケンゾー・タンゲである」という話をよく耳にした。

要するに彼は、日本だけでなく、世界の富と権力が集中するところの仕事を取りつづけたのである。案の定、バブル経済で大きな仕事が出はじめると日本に帰り、コンペの形はとっていたが、盟友鈴木俊一都知事（鈴木は東京オリンピックのとき副知事として活躍し、丹下は鈴木の都知事選挙で応援団長を務めている）のもとで、東京都庁舎（新）の仕事をものにしている。

これだけの作品量（規模と社会性も含め）を残した建築家は、古今東西にもちょっと見当たらない。大きな仕事を取り、思うような作品に仕上げるには、大きな権力と結びつくのが一つの方法で、それが画家や音楽家やましてや文学者とは異なる建築家の宿命であるかもしれない。その意味で丹下健三は、徹底した「建築家」であった。

しかし晩年は、大げさなメガストラクチャーばかりが目立って、空間の質が低下していた。はっきりいえば、彼のピークは一九六四年であって、それ以後はさほど光るものがない。筆者の独断のようだが、建築をよく知る者は多かれ少なかれ感じていることだ。建築を都市理論の下位に置こうとしたこと、そのためにも政治権力と同化しようとしたこと、そういったことが空間の表情に現れるのである。

筆者の学生時代は、その全盛期であった。正直いって、この人物が代々木を、あのみごとな吊り構造を実現しなかったら、筆者も建築家を目指していたかどうか分からないし、われわれの世代にはそういう者が多い。磯崎や黒川といった直接の弟子たちだけで

国立代々木屋内総合競技場

はなく、その後のほとんどの日本人建築家が、反発も含めて丹下の弟子であったともいえる。

また彼の活躍があまりに華々しかったために、同時代の建築家はみな「丹下に対する」という意味のスタンスを余儀なくされた。村野藤吾は「民間の仕事をこなす表現主義の」、吉村順三は「別荘を中心に細かいところに行き届く」、清家清は「住宅にモダニズムと和風を融合させた」、吉田五十八は「通人好みの近代数寄屋に徹した」建築家、といった具合である。

丹下健三が、日本の近代建築史においてもっとも大きな存在であったことはまちがいないのだ。

さて、戦後の一般的な都市と住宅に目を向けよう。

焦土と化したのは広島ばかりではなかった。国家そのものの再建が必要であるが、もともと計画性のある国民ではない。とりあえずの復興が優先され、戦前以上に仮設的な住居（バラック）が都市を埋めはじめる。大都市は住宅難が常態、江戸の長屋を二階建てにしたような木造賃貸アパートが戦後民主主義の容器であった。

しかし朝鮮特需のあとの経済成長はめざましい。

筆者の少年時代（大田区に住んでいた）、電気といえばそのまま電球を意味し、電気製品はラジオぐらいであったが、その小さな家に、テレビ、洗濯機、掃除機、冷蔵庫、ステレオ、カラーテレビといった電気製品が次から次へともちこまれる。外を見れば、泥道が砂利道に変わり舗装道路に変わり、自転車とリヤカーに代わってオートバイと自動車が走りはじめた。

さらに東京オリンピックと大阪万博を契機にして、高速道路や新幹線などのインフラが構築され、列島全体の都市化がはじまる。田中角栄という政治家はまさに戦後日本のブルドーザーであった。震災と戦災の経験から、鉄筋コンクリートが奨励され（建築基準法の最大の眼目は防火であった）、八階建て（消防の梯子車の高さによる）のオフィスビルと、四階建て（階段の限度）の住宅団地が普通となる。これが機能としてのモダニズムであったことはまちがいないが、過去の様式建築に代わる文化的生命力をもつものであったかどうか。敗戦後の日本人は、ともかくも復興と成長を優先し、その国土、都市、建築に、何らかの文化的意味があるということを考えようとはしなかったのではないか。

伝統的な様式は衰退した。

木造建築は著しく制限される法制下となり、新建材、新構法の開発が進行し、本格的な木造の素材も技術も手に入りにくいものとなる。とはいえ、日本に建てられるすべてが近代建築になったということではない。やはり住宅は和風が基本で、2DKの公団住宅も、ダイニング・キッチン以外は畳であった。伝統様式は建築界の支配的な地位を失ったが、庶民の生活機能としては生き残っていたというべきだろう。

住宅団地の設計過程で生み出されたダイニング・キッチンは、たしかに機能的ではあるが、これによって食事のマナーが失われ、家庭のしつけができなくなったという意見もある。便利さを追求することによって、生活の場における格式が失われたことはたしかだ。そして多少とも余裕のできた現代、料理と食事を同時に楽しむために、食堂の方を向いたオープン・キッチンというものが登場した。明治のちゃぶ台、大正の立式台所が果たした役割を考えれば、食事の場が日本人の生活様式を変えてきたといえる。

かつての和室の連続は、襖をはずせば大部屋となって、法事などの宴会に対応したが、現在そういうものはホテルや料亭やレストランで行われるようになった。つまり「ハレ」の空間が家の外部に移されたのだ。

伝統様式の崩壊は、日本人の生活における格式の崩壊であった。

その格式にこだわった文学者が三島由紀夫である。

醜悪を含む優美　『金閣寺』『午後の曳航』

三島由紀夫（一九二五－一九七〇）は、丹下と同様、戦時中にスタートを切り、主として戦後活躍した。しかしなぜかここで扱うより、むしろ谷崎、川端につづいて前章で扱いたくなる存在だ。戦後に向けて性急に舵を切った丹下とは逆に、時代に逆行して旧仮名遣いで書きつづけた。

彼もまた美に、その様式性に偏執した。もちろん女性の美を描いているが、谷崎のようにも、川端のようにも描いていない。対象が女性であれ男性であれ、彼はその表面的な「美」の下に隠された「醜と悪」を合わせ描いている。三島という人は、醜悪を含まない美を信用しなかったように思える。

作品の中で、二つの人格のタイプが顕著である。

一方は、築き上げられた者である。知的な意味でも感覚的な意味でも経済的な意味でも、構築された者である。幅広い教養と洗練されたセンスを身につけ、経験と自信と分別に裏づけられ、経済と社会の確固たる基盤の上に立つ、円熟した者であるが、その円熟の仮面をはぎとれば、何かしら醜悪なる部分を露呈する者でもある。

もう一方は、純粋無垢な者である。まだ白紙の、傷つけられていない者であり、分別よりも感情に突き動かされて行動する者である。ある種の理念によって突き進むが、実はその裏に嫉妬と憎悪が秘められている者でもある。

その「醜悪を隠した円熟」と、「憎悪を秘めた無垢」が、三島の描く二つの人間像であり、どちらも彼特有の絢爛たる筆致によって刻印されている。

そしてその二つのタイプが、作品の中の「建築」にも現れるのだ。

たとえば最後の四部作となった『豊饒の海』において、松枝清顕と伯爵令嬢との恋愛を描く『春の雪』では、松枝侯爵家の念入りに築き上げられた豪邸が前者としての舞台であり、つづく、清顕の生まれ変わりとされる飯沼勲の政治決起を主題とする『奔馬』では、剣道場や国粋思想の塾など、行動的で簡素な空間が後者としての舞台となる。『金閣寺』では、金閣と老師の部屋が前者であり、主人公「私」の自室あるいは禅寺としての鹿苑寺境内が後者である。『午後の曳航』では、未亡人房子の部屋が前者であり、航海士龍二の乗る外洋船と、主人公登の部屋と少年たちの秘密の集合地が後者である。『潮騒』では、網元の娘初江の家が前者であり、新治の乗る小船と荒海が後者である。

建築描写は前者に偏っているが、私たちはこの二つのタイプの対比の鮮やかさにこそ、三島由紀夫の空間の質というものを感じとるのだ。この作家は常に、二つの命題が、矛盾し、葛藤し、衝突するさまを見ることを読者に強いる。
ここでは、『金閣寺』の最終場面、容貌に自信をもてない主人公「私」が、金閣の美に憧憬と憎悪を抱きつつ火を放つ描写と、『午後の曳航』の冒頭場面、主人公の少年登が、やがて情事が展開される母の部屋を覗き見る描写を紹介する。

「自ら発する光りで透明になった金閣は、外側からも、潮音洞の天人奏楽の天井画や、究竟頂の壁の古い金箔《きんぱく》の名残をありありと見せた。金閣の繊巧な外部は、その内部とまじわった。私の目は、その構造や主題の明瞭な輪郭を、主題を具体化してゆく細部の丹念な繰り返しや装飾を、対比や対称の効果を、一望の下に収めることができた。法水院と潮音洞の同じ広さの二層は、微妙な相違を示しながらも、一つの深い軒《のき》庇《びさし》のかげに守られて、いわば一双のよく似た夢、一対のよく似た快楽の記念のように重なっていた。その一つだけでは忘却に紛れそうになるものを、上下からやさしくたしかめ合い、そのために夢は現実になり、快楽は建築になったのだった。しかしそれも、第三層の究竟頂の俄かにすぼまった形が戴《いただ》かれていることで、一度確かめられた現実は崩壊して、あの暗いきらびやかな時代の、高邁《こうまい》な哲学に統括され、それに服するにいたるのである。そして柿葺《こけらぶき》の屋根の頂き高く、金銅の鳳凰《ほうおう》が無明《むみょう》の長夜に接している。」

建築という物理的な空間に対するみごとに文学的な描写というべきだろう。金閣への賛美は、そこに火を放つ主人公の倒錯したナルシシズムを表す。

「登は覗《のぞ》き穴から眺《なが》める母の部屋を新鮮なものに感じた。

左の壁際《かべぎわ》に、父の好みでアメリカから取り寄せたニュー・オルリーンズ風の輝やかしい真鍮《しんちゅう》のトゥイン・ベッドが、父の死後もそのままに据《す》えてある。パイルで大きな頭文字のK——登の姓は黒田というのだ——を浮き出させた白いベッド・スプレッドがきちんと掛けてある。その上に長い水いろのリボンがついた紺の麦藁《むぎわら》の散歩帽が置いてある。ナイト・テエブルの上の青い扇風機。

右側の窓ぎわには楕円形《だえんけい》の三面鏡があり、それが少しぞんざいに閉めてあるので、隙間《すきま》からのぞく鏡の稜角《りょうかく》が氷のようだ。鏡の前に林立するオー・デ・コロンの瓶《びん》、香水吹き、紫いろのアストリンゼントの瓶、それからカットの各面が煌《きら》めいているボヘミアン硝子《ガラス》のパフ入れ。……焦茶《こげちゃ》のレエスの手袋が、枯れた杉《すぎ》の葉を束ねたように丸めてある。

雪の金閣寺

鏡台のむこうには、窓に寄せて長椅子《ながいす》と、フロア・スタンドと、二脚の椅子と、華奢《きやしや》な小卓がある。――中略――そのそばに、靴下《ストッキング》が一足、乱暴に投げかけられている。その乱れた肌《はだ》いろの薄布《うすぎぬ》が、ダマスク織まがいの長椅子にまつわりついているだけで、部屋全体の気分が、妙に落着かないものになっている。きっと母は出がけに靴下の伝線病を発見して、あわてて穿《は》き代えて出て行ったのであろう。」

『金閣寺』とは対照的にカタカナが多い。豪華というのではないがハイカラで豊かで洗練された室内の描写である。具体的には、横浜の山手（港の見える丘）が設定されている。そこにいるべき人物は不在であるが、『屋根裏の散歩者』とは別種の、秘された空間を覗き見る感覚がある。『蒲団』の芳子の残り香とは少し違う、成熟した女の匂いが感じられる。ここで母の情事を覗いた少年は、相手の航海士を英雄視する、というところが三島らしい。

そして双方とも、伝統の宗教空間も、洋風の私的空間も、みごとに様式化され、言語化されている。三島由紀夫は、他の分野に対してもそうだが、建築に対しても専門家が書いたのと変わらない、ともすれば専門家以上に精緻な論理を展開する。もちろん勉強しているのだろうが、知性と直感と文体のなせる技でもあろうか。

たとえば京都の仙洞御所をとりあげた豪華本に献じた一文がある。通常、文学者が美術的な分野の評を書く場合は、その成立の事情に対する、あるいはその情緒的な嗜好に対する、いかにも文学的な立場からの言辞が寄せられるのであるが、三島のそれは、西洋の庭園が「空間的存在」であるのに対して、日本の庭園は「時間的存在」であるという比較論理を基本にした、建築学の論文としても成立しうるようなものだ。

筆者は、三島由紀夫という作家そのものに、何か「建築されたもの」を感じないではいられない。

三島由紀夫という建築　その自邸

そこで興味を抱くのは、彼の「自邸」である。

川端康成の媒酌により、日本画家杉山寧の娘と結婚し、大田区西馬込に瀟洒《しょうしゃ》な家を建てた。通常文学者というものは、侘び寂びとまではいかなくとも、落ち着いたたたずまいの数寄屋風建築か、あるいは比較的シンプルなモダニズム建築かを選ぶものであるが、三島の家はまったくの洋風、しかもクラシック（古典）風ともバロック風ともいえるような、西洋の様式を模した建築なのだ。

これについて本人が「わが室内装飾」という一文を書いている。

「私はもともとラテン・アメリカの家が好きである。白い壁の室内、タイルの床、おそろしいほど高い天井、フランス窓、熱帯植物、外にはいつも烈しい太陽の光りが逆巻いてゐる。— 中略 — スパニッシュ・バロックはゴテゴテ趣味の最たるもので、これは殊に日本では同感の人を求めることがむづかしいだらう。しかし、一例が、私共の買ってきた純バロックの金ピカの一対の聖画の額は、白壁にまことによく合ふのである。このごろ、新しいビルなどでも、どんな壁の色が仕事の能率を上げるかとか、疲労度を増すかとか、研究が進んでいるやうだが、私は人間の神経は、壁の色によって左右されるほどヤハなものである筈がない。いや、あるべきではない、といふ考へである。— 中略 — 私はこのごろいやにシブイ室内装飾を見るたびに、日本の中世以後の衰弱した趣味とアメリカの最尖端の趣味の衰弱とがうまく握手したやうな気がするのだが、一例が中世の金閣寺でも、今日焼亡後再建されて、みんなから悪趣味だといはれてゐるあの『新しい金色』の姿で、『美しい』と思はれてゐたのである。日本人の美学は、金ピカ趣味を失ってから衰弱してきた、といふのが私の考へである。」(「わが室内装飾」

（『別冊婦人公論』一九六二・一・二五）

「このごろいやにシブイ」というのは、日本の侘び寂び的な感覚と、シンプルなモダニズムの合体をさすのだろうが、三島はそういったインテリ好みの趣味のよさを否定し、やや韜晦的《とうかいてき》に「ゴテゴテ趣味、純バロック、金ピカ」を主張する。

この種の、西洋の様式をコピーしたような建築は、だいたいが俗悪なものになりがちで、金融、不動産、遊技場経営などで財をなした人物が建てるものと相場が決まっている。しかしできあがった三島の自邸写真を見ると、建築家として、これが悪趣味だとは思えない。外部はヴィクトリア朝コロニアル様式、庭にはアポロの像がおかれ、内部は三島のいう「金ピカ」の家具調度が入ったスパニッシュ・バロック風である。しかし全体として、一九世紀末ウィーンあたりの趣味のいい住宅の空気が漂っているのだ。

三島の家は、決して俗悪ではないし、本人がいうほど「金ピカ」でもなく、小さな木立の中で、異質ではあるが落ち着いた雰囲気を醸し出している。むしろ、数寄屋普請の粋を凝らした大作家の豪邸といったものより好感がもてる。

設計を担当した清水建設の建築家（施主にも上役にもはっきりとものをいう硬骨漢として知られた人）は、次のように語っている。

「初対面で必要な部屋や何かを聞いたあと出たのが、ヴィクトリアン王朝のコロニアル様式である。……私はそこで率直に『よく西部劇に出てくる成り上がり者のコールマンひげを生やした金持ちの悪者が住んでいるアレですか』と聞いてみた。そしたら何んと即座に『ええ悪者の家がいいね』ときた。これで私は完全に敗北して、本気でやって見ようという気持になったのである。」(『芸術新潮』一九九五・一二)

現代の(戦後の)まともな建築家は、何々風というような様式の物真似はやりたがらないものだ。つまり「成り上がりの金持ちの悪者」というのは、三島のような大物の施主にも物怖《ものお》じせずに最大限の嫌みをいって、その考えを撤回させようとする、大変に思い切った発言なのである。凡人ならここで、自分の考えを曲げて建築家にまかせるか、即座にその建築家を首にするか、どちらかであろう。しかし三島はあっさりとその嫌みを肯定してしまった。建築家がみずから「完敗」とするのも、よく理解できるのだ。

三島はこうもいっている。

「私のねらひは、スペインやポルトガルの本国の建築そのものの模倣ではなく、

三島由紀夫

熱帯のクリオールたちの家である。クリオールとは『南米諸国、西インド諸島生まれのフランス人・スペイン人』のことを言ひさういふ人たちが、自分の父祖の地へのあこがれで建てた、白い館のもつ詩と郷愁と安逸の夢が、すなはち私の夢なのであった。」（『週刊読売』一九六八・一・二九）

近年はクレオールという言葉もよく使われるようになったが、初めから本家ではなく、中南米におけるヨーロッパの「転移（様式の非連続的な移動に対する筆者の用語）」をモデルにしているところに、この人の洞察力がある。

明治以後、日本人はおしなべてヨーロッパの建築にあこがれを抱き、なんとか模倣しようとしてきたものの、模倣は模倣であって、どうあがいても本物にはならない。賢明な建築家は、あるいは和風に回帰し、あるいはモダニズムに邁進した。

三島は明らかにヨーロッパ文化に憧憬を抱いていた。それも近代的なそれにではなく、古典的、中世的なそれにである。それもよくあるタイプの近代文明に対する批判からではなく、谷崎が王朝文化にあこがれたように単純にその様式美にあこがれたのである。しかも三島はそれを実現しようとした。しかも三島はそれが単なるイミテーションであることを知っていた。この憧憬と模倣のジレンマが三島の空間嗜好《しこう》の本質である。

そして考えてみれば、われわれはそれが、明治から戦前までの、つまり大日本帝国という体制そのものの文化的本質であったことを理解する。

明治天皇が洋装の軍服を着て国民の前に現れて以来、ヨーロッパ文化を模倣し、軍事としてそれに化すことが国是となったのだ。われわれは、明治初期に大工たちが見よう見まねでつくった木造の洋風建築を「擬洋風」と呼ぶ。また昭和ファシズムの進行の中で、鉄筋コンクリートの近代的な構造に、いかにも日本風の大きな傾斜屋根を被せたものを「帝冠様式」と呼ぶ。これらは形だけ洋風、構造だけ近代の、いわば「擬制」である。

三島の嗜好は、この「擬洋風」から「帝冠様式」までの、天皇を中心とする明治昭和体制の文化的正統性にのっとっているのだ。その意味で、彼の美意識は異端ではなく、たとえそれが擬制であっても、真正面からこの時代の日本文化を背負っている。逆に戦後という時代は、それが彼の作家としての人生の大部分であるのだが、その擬制さえも終わってしまったあとの残り滓《かす》のような喪失感の中にあった。

筆者は、擬制という言葉を、否定的にでも、アイロニーを込めて使うわけでもない。すべて権力というものは、王政にしろ、神政にしろ、民主政にしろ、何かしら擬制の権威によって支えられるものではないか。

ヨーロッパの街を歩いて感じることは、美術館でも、教会堂でも、「裸体像」に満ちていることだ。そしてその裸体文化の原型が、古代ギリシアの、みごとに写実的な神々の彫像にあることだ。

三島は、アテネのアクロポリスを訪れたときのエッセイで、少年のように素直な感動を隠していない（『アポロの杯』長くなるので引用を控える）。

自邸の庭にローマで特注してつくらせたアポロの像を設置し、筋骨たくましい若者の裸体を賛美したことが、ギリシア文化への憧憬を契機にしているとすれば、それが、現在の科学、技術、芸術、すなわち人類の知と美の体系的発展の根幹であることを意識していたからに違いない。西洋文学においては、たとえばゲーテや、トーマス・マンや、ジェイムズ・ジョイスなどの作品に、「古代ギリシア」がキリスト教とともに重要な「意味の源泉」として立ち現れる。三島は日本人の中で、そういった意識をもっとも強く有する作家であった。日本刀と切腹に固執したのは、その裏返しであろう。

この作家は、きわめて早熟で、若いときから老成した雰囲気をもっていたといわれる。そして年とともに若返ったように思う。普通の人間とは逆に、思索的な生活から行動的な生活に移行したのだ。行動的といっても単に活発という程度の意味ではない。三島にとって行動とは、何らかの破壊をともなうもので、穏やかなケースは社会的な抵抗をともなう恋愛であり、激しいケースは政治的なテロリズムである。その破壊行動の美意識は、作品の枠を踏み越えて、作家の実人生となるまでに肥大した。

三島由紀夫は、ギリシアの理知にあこがれ、アポロの肉体にあこがれ、みずからをギリシア神殿のオーダーを断片化したバロック様式のように建築した。そして金閣に火をつけた主人公のように、みずからその建築を破壊したのである。ありったけの演出のもとに。

彼は、破壊する者であると同時に破壊される者であり、その破壊によって彼の人生は作品化された。醜悪を隠した円熟と、憎悪を秘めた無垢という二つの命題が衝突したのだ。最後の行動は、政治的に解釈するべきでも、文学的に解釈するべきでもない。成功か失敗かは問題ではない。正当か不当かも問題ではない。

ただ彼は知っていた。

どのような歴史をもつ王権も、その根幹に血塗られたクーデターが存在するということを。やがて人々はその血の匂いを忘れ、そこにロマンの叙事詩を塗り上げるということを。もちろん彼が欲したのは、権力ではなく叙事詩である。

擬制もまた死を賭すほどの真実であった。

漱石が明治の前年に生まれたように、三島は昭和の前年に生まれた。漱石が明治という時代を生きたように、三島は昭和という時代を生きた。しかし彼はその元号の終了をまたずに、その時代性の終焉とともにみずからの生の幕を閉じる。そこには大日本帝国とともに散った同世代の若者たちの魂魄《こんぱく》が作用している。「死に遅れた英霊」であった。

四谷で生まれ学習院に進んだ山の手の東京人で、永井荷風とは遠い親戚に当たる。厳しい祖母に貴族風の女性的なしつけを受けたこと、学習院でその出自に自信がもてなかったことが性格に影を落としたという。

昭和四五年、大阪で万国博覧会が開かれた年の一一月二五日、心酔する若者たちとともに、自衛隊市ヶ谷駐屯地に乱入、クーデターを扇動する演説をして、割腹。

ヘミングウェイが三島とつうじる趣味をもっていたことも、ある筋では知られている。闘う男性美に熱狂的な敬意を払うのだ。そしてついに、一方は猟銃を、もう一方は日本刀を、自身に向けたのである。ヘミングウェイは荒海で魚と闘うサンチアゴ老人の孤独にあこがれたが、それには早すぎた。三島は決起する青年将校の早世にあこがれたが、それには遅すぎた。

人間を囲うもの　『砂の女』

「特攻隊の勇士はすでに闇屋となり、未亡人はすでに新たな面影によって胸をふくらませているではないか。」（坂口安吾『堕落論』）

この焼け跡の現実認識から戦後文学は立ち上がる。

たしかに一億火の玉となって戦ったのではあるが、あの慟哭の八月一五日をすぎてみれば、人はそれぞれに飯をくいはじめ、かってな夢をもちはじめるのだ。都市と建築が焼失し、まったく新しい地平に建て直さざるをえなかったように、文学もまた、日本文化の衣装を焼かれた「生身の人間」という核から出発せざるをえない。谷崎、川端、三島に深入りしすぎた感もあるが、ここでは一転して、安部公房の作品を軸に、大江健三郎と石原慎太郎に触れてみよう。

彼らの作品においては、建築様式というものが、ほとんど意味を失っている。もちろんそれが和風か洋風か近代風か、判明する場合もあり、まったく表現されていない場合もあるが、作品の中では意味をもたない。場合によっては建築さえも意味をもたない。東京大空襲や、広島・長崎の原爆投下、すなわち何の罪もない一般市民の住む都市が丸ごと抹殺されるという経験を経た国民にとって、都市や建築が「生存」ということ以上の意味をもちうるはずがないのだ。

安部公房（一九二四 - 一九九三）は、満州からの引揚者である。東京滝野川に生まれたが、幼少期を満州で過ごし、昭和一五年に奉天（現在の瀋陽）の中学を出て、成城高校から東京帝国大学医学部に入学、終戦は満州で迎える。昭和二三年に卒業（このときは東京大学）するが、医師の道を外れ作家の道を歩んだ。

その作品における、特異でかつ決定的な要素は、「人間を囲うもの」であり、その「囲い」が主体（主人公）と客体（他者）との関係として、特に視線関係として現れることである。『砂の女』の主人公は、空しか見えない砂丘の穴にとらえられ、そこに住む女と暮らさざるをえない。『他人の顔』の主人公は、火傷で崩壊した顔に他人の顔から型をとった仮面をつけて自分の妻を犯そうとする。『箱男』は、眼の穴だけが空いたダンボールの箱をかぶって街を歩く。この三つの作品の主題となるのは、「砂」にしろ、「仮面」にしろ、「箱」にしろ、生身の人間を囲うものであり、囲まれた人間は自分の本当の住まいとしての建

安部公房

築をほとんど意識しない。つまりその囲いは、ヤドカリやカタツムリの殻のように、身体でもあり巣でもあり住まいでもあるのだ。

『砂の女』は、昭和三七年、激しかった安保闘争の余韻も消えようとするころの作である。日本人は、否応なくアメリカの世界戦略に組み込まれるという無力感の中を漂っていた。物語は、砂地に棲む昆虫の採集を趣味とする男が、砂丘の中の集落に迷い込んで一夜の宿を求めるところから始まる。

「案内されたのは、部落の一番外側にある、砂丘の稜線に接した穴のなかの一つだった。—中略—
なるほど、梯子でもつかわなければ、この砂の崖ではとうてい手に負えまい。ほとんど、屋根の高さの三倍はあり、梯子をつかってでも、そう容易とは言えなかった。昼間の記憶では、もっと傾斜がゆるやかだったはずだが、こうしてみると、ほとんど垂直にちかい。—中略—ランプを捧《ささ》げて迎えてくれた女は、まだ三十前後の、いかにも人が好さそうな小柄の女だったし、化粧をしているのかもしれないが、浜の女にしては、珍らしく色白だった。それに、いそいそと、よろこびをかくしきれないといった歓迎ぶりが、まずなによりも有難く思われた。
もっとも、そういうことでもなければ、この家は、いささか我慢しかねるしろものだった。馬鹿《ばか》にされたのだと思って、すぐに引返していたかもしれない。壁ははげ落ち、襖《ふすま》のかわりにムシロがかかり、柱はゆがみ、窓にはすべて板が打ちつけられ、畳はほとんど腐る一歩手前で、歩くと濡《ぬ》れたスポンジを踏むような音をたてた。そのうえ、焼けた砂のむれるような異臭が、いちめんにただよっていた。」

これがこの物語の舞台のすべてである。
穴に入った男は、集落の人たちに梯子を外されて監禁状態となり、最低限の水と生活必需品を支給される代わりに、女とともに崩れ落ちる砂を掻い出す作業に従事しなければならない。そうしなければこの集落が保てないというのだ。飲料水の供給を止められることが最大の脅迫であり、暑さと、のどの乾きと、砂で湿った惨めな家が、彼の身体環境である。

「床のかわりに、砂が、なだらかなカーブをえがいて、壁の向うから落ちかかって来ていた。思わず、ぞっとして、立ちすくむ。……この家はもう、半分死にかけている……流れつづける砂の触手に、内臓を半分くいちぎられて……平均1/8m.m.という以外には、自分自身の形すら持っていない砂……だが、この無形の破壊力に立ち向えるものなど、なに一つありはしないのだ……あるいは、形態を持たないということこそ、力の最高の表現なのではあるまいか……」

砂はヒシヒシと家を侵犯し、締めつける。男は自分が採集する砂地の昆虫のように生息せざるをえない。カフカの『変身』にも似た、身体と空間の逼迫した関係である。もちろんどちらもありえない設定だが、だからこそ「虫の身体」にも「砂の家」にも、これまでにないほどの建築的実在を感じる。「形態をもたない砂」の侵食力は、作家にとって、現実社会における権力というものの現れ方の象徴であろうか。

男は一度は穴からの脱出に成功するが、砂に足をとられ逃げることができず、集落の人々によって再び女の待つ穴に戻されてしまう。やがて女は妊娠し、穴の外へ運び出される。そのときに、梯子がかけっぱなしになって残る。しかし男は逃げようとはしない。

「べつに、あわてて逃げだしたりする必要はないのだ。いま、彼の手のなかの往復切符には、行先も、戻る場所も、本人の自由に書きこめる余白になって空いている。」

彼はかつて帰属していた社会へと復帰する意志を失っていた。というより、穴の中で女とともに砂と闘って生きることもすでに彼の人生となっていたのであろう。作者は、人間の社会性とはその程度のものであり、建築も住まいもその程度のものといっているようだ。

安保闘争のあと、東京オリンピックに向かって、丹下健三が代々木の屋内総合競技場を設計していたころである。

そこに登場する建築が「人間の囲い」の意味しかもたない即物性は、大江健三郎（一九三五-）の作品にも共通する。

たとえば『万延元年のフットボール』の舞台となる、銃眼に似た窓をもつ蔵屋敷のように、あるいは『洪水はわが魂に及び』の舞台となる、核避難所のように、建築は何か暴力的に侵略してくるものに対するシェルターとして登場するのだ。

鉄骨や鉄筋やコンクリートがむき出しになった描写もよく現れる。

「中央の橋脚が水圧に屈して後方に倒れた結果、橋の本体との接合部は、捩《ねじ》られた指のように様ざまな方角へ幾つもの関節を突出させている。しかもその壊れたコンクリートの関節のそれぞれは、鉄筋によって串刺しにされてはいるが自由に動揺する重量のある塊だ。塊の一部に力が加えられれば、それらは圧倒的な衝撃力ともども複雑で危険な回転運動をおこすだろう。それらのコンクリート塊のひとつに、帽子を眼深にかぶった奇妙に静かな子供が乗っかってじっとしている。」（『万延元年のフットボール』（講談社文芸文庫））

大江作品における建築イメージは、防御的であると同時に破壊的であり、そこに小さなか弱い生命が組み合わされている。剛強な破壊力にさらされ、歪められ、破壊されようとする脆弱な生命を凝視しつづけることこそが、彼の文学的まなざしである。

森や林や木が描かれることも多いが、そういった自然も、川端のようにただ美しいものとしてではなく、命あるものとして、生命力として、時には『同時代ゲーム』のように、暴力的な印象をともなって立ち現れる。

それはおそらく、彼の出身地である愛媛県内子町での経験と、広島への思い入れと、子供がもつ障害と、反体制政治運動への共感などからくるものであり、戦争のあとという状況の中から生まれてきた空間といってもいいのではないか。

安部と大江が、プルーストやジョイスやカフカ、あるいはベケットやサルトルなどの影響を受けていることはたしかであり、従来の日本文学の枠を超え、海外、特にヨーロッパの文化シーンで評価を獲得する性質のものであることもうなずける。だがそれだけではなく、そこに現れる建築の「人間の囲い」としての即物性と身体性において、他の作家に見られない顕著な傾向があることを考えれば、この二人の文学は、日本の敗戦とその際における都市と建築と文化様式の破壊に、分かちがたく結びついているような気がするのだ。

石原慎太郎（一九三二–）は、大江と同世代であり、また異なる角度から一石を投じて、戦後文学を特徴づけた。

昭和三〇年。ビキニ環礁におけるアメリカの水爆実験で第五福竜丸が被曝し、力道山がシャープ兄弟を相手に空手チョップを連発し、マリリン・モンローが来日したころ、『太陽の季節』は芥川賞を受賞した。石原はまだ一橋大学の学生であり、「太陽族」という言葉が一世を風靡《ふうび》する。

筆者はまだ小学生であったが、姉たちが慎太郎と裕次郎の兄弟をよく話題にしていたのを覚えている。

東京郊外のリゾートとしての海岸が舞台であるが、そこには、漱石や啄木の作品に現れる海辺のような孤独感も漂泊感もなく、もちろん国木田独歩から堀辰雄までの山林の情緒もない。ギラギラと照りつける太陽の黄色と、空と海の青色と、雲と波とヨットの白色の中で演じられる、不良少年たちの暴力とセックスの世界、これは日本文学にとって新しい空間であった。

そしてあのもっとも有名な、男性器が障子を突き破る場面こそ、美しくもはかない日本の木造建築が、若者の赤裸々な欲望によって破壊されることの象徴ではなかったろうか。

「部屋の英子がこちらを向いた気配に、彼は勃起《ぼっき》した陰茎を外から障子に突き立てた。障子は乾いた音をたてて破れ、それを見た英子は読んでいた本を力一杯障子にぶつけたのだ。本は見事、的に当って畳に落ちた。」

破れる障子と、落下する本に、戦後日本の建築と文学が象徴されているように思える。つまり両極端のように見えても、建築文化の「破壊」という点では、大江と共通しているのだ。

焼け跡から出発した戦後日本文学の建築空間は、「囲い」と「破壊」を特徴とする。

安部公房は三島由紀夫と同世代である。後者は様式にこだわったが、前者は様式を破壊した。この世代、遠藤周作、吉行淳之介などとともに「第三の新人」と呼ばれた小島信夫の『抱擁家族』も、自宅に入り込んだ若い米兵によって、日本の家族像が崩壊する過程を描いたという点で、本書にとっては興味深い作品である。

大江健三郎と石原慎太郎も同世代であり、安部と三島のように、思想も作風も反対の方向に向かった。これまでの発言によれば、大江は安部を同志ととらえ、石原は三島を同志ととらえているようだ。

第八章　成長という破壊

田中角栄首相の「日本列島改造論」が発表され、日中国交回復がなり、オイルショックが起きる、つまり日本の経済成長にブレーキがかかりはじめる時代、安部公房は『箱男』を発表する。筆者が大学院から設計事務所に移るころのことだが、これは建築界でも一つの話題であった。

この作品は、語り手の転換が組み込まれ、ただでさえ難解な安部作品の中でも、さらに理解しにくいところがあるが、解説書のようなことをいうのは避け、建築的な問題にしぼって考えよう。

見ること見られること　『箱男』

「ダンボールの空箱は、縦、横、それぞれ一メートル、高さ、一メートル三十前後のものであれば、どんなものでも構わない。ただ実用的には、俗に『四半割り』と呼ばれている、規格型のやつが望ましい。第一の理由は、規格品だとそれだけ入手が容易であること。第二には、規格品を使う商品の多くが、一般に不定形のもの――自由に変形がきく、食料雑貨の類――なので、箱の造りもそれなりに頑丈であること。第三は、これがもっとも重要な理由なのだが、他の箱との判別が困難であること。事実、ぼくの知っているかぎり、ほとんどの箱男が申し合せたようにこの『四半割り』を使用していた。目立つ特徴があったりすると、せっかくの箱の匿名性《とくめいせい》がそれだけ弱められてしまうことになるからだ。」

冒頭に近い部分で、ダンボール箱の概要が語られる。

物理的に正確を期す文体は、理系出身の安部の特質であるが、この説明は、鴨長明が『方丈記』で方丈の庵の概要をその寸法まで入れて説明するのとも、またH・D・ソローが『ウォールデン―森の生活』で小屋の建て方を建築仕様書のように詳しく説明するのとも似ている。

箱男は一人だけではない。世の中は箱男の存在を無視しているが、それは伝染病のように増殖しており、偽物も現れ、不特定多数（少数）の存在である。もちろん箱男はホームレスとは異なるのだが、一時ふえていたダンボールハウスを見ると、この作品が予言のようにも思える。また、機能主義モダニズムの建築は、欧米でも「箱」と呼ばれる傾向があったので、建築家はこれをそのメタファーとして読むことも可能だ。「覗く」という行為は、映像メディアにもおきかえられる。

たとえばテレビは、見られる箱であり、箱男は見る箱であるから逆であるが、見る人間が相手から見られないという点では同じである。つまり団地やマンションの一室でテレビを見ている人間は、かなり箱男に近く、インターネットだけで世間とつながっている人間は、さらに箱男的な存在であろう。

作者もまた批評家も、この小説を「自分は見られないで他人を見る」つまり『屋根裏の散歩者』と同様に、社会を「覗く」欲望と論じる。しかし筆者はむしろ、箱男が見られる権利を失っていることを強く感じる。人間は、見ることとともに見られることを欲するものだが、箱男は見るばかりで見られることがない。そこに箱男の「欲望と裏腹の孤独」がある。

人間は見られたいのだ。近代管理社会の本当の問題は、見られる、つまり監視されることの束縛と同時に、見られないことの苦悩にある。管理文明は本当の人間を見ようとせず、人間のデータだけを見ようとする。現代に生きる人はもっと自分を見られたがっている。自分は相手を見るのに相手は自分を見てくれない。テレビや、雑誌のグラビアや、インターネットのウェブサイトで、他人を見れば見るほど、見られることとのバランスシートが崩れ、赤字が累積するのである。

この小説には実際の家がほとんど記述されていないが、建築としては「病院」が登場する。『密会』という作品の舞台もそうだが、安部の作品に病院が登場するのは、もちろん彼が医学部出身であることによる。医者とは、人間を器官として扱おうとする者だ。したがって人間の精神もまた身体器官のメカニズムとして扱いうると考えるのだろう。しかし精神には外乱（ノイズ）があまりにも大きいので、内界と外界の境界としての「囲い」が必要となる。安部作品では、その「囲い」が可視性と仮面性の主題となっているのだ。いってみれば彼の作品世界では都市自体が巨大な病院であり、人はすべて患者である。

また、彼は演劇家でもあった。演劇において人間は、見る側と見られる側にはっきりと二分されている。客席にいる人間は見ることはあっても見られることはないと仮定される。つまり劇場の観客はすべて箱男である。しかしそれは仮定であって、実際には観客もまた見られている。病院の医者と患者同様、舞台の人間と客席の人間とが、つまりこの物語のように箱男が入れ替わる可能性を有するのだ。

メタボリズムとポストモダン　篠原一男と磯崎新

戦後復興から高度成長に入り、丹下健三の弟子の世代が活躍する時代がやってくる。世界デザイン会議（一九六〇）が東京で開催されたさいに、大高正人、菊竹清訓、槇文彦、黒川紀章などの若手建築家に加え、評論家の川添登らは、「都市は機械ではなく生命体の論理によって成長するべきだ」という趣旨の「メタボリズム」を宣言した。アーキグラム、アーキズーム、スーパースタジオなど、ヨーロッパでも前衛的なプロジェクト・グループが活躍していた時代である。

都市と建築が生命体のように新陳代謝するというメタボリズムの論理は、伊勢神宮の遷宮に見る寿命の短い木造建築を建て替える習慣の伝統文化にも、またダイナミックに変化をつづけていた戦後高度成長の時代にも適合した。この概念をリードし、直接的に建築化したのは黒川と菊竹で、その手法は、交通と設備の組み込まれたメガストラクチャーにユニット化された部屋をはめ込み、必要に応じて入れ換えるというもので、形態としては丹下のメガストラクチャーに似ている。

黒川紀章は、メタボリズムや共生といった言葉を世に出す天性の表現力でマスコミの寵児となり、丹下健三のあと安藤忠雄が登場するまで、日本でもっとも名の売れた建築家であったが、女優の若尾文子と結婚して、さらに世間の耳目を集めた。

丹下の弟子ではあるが、このグループに少し距離をおいていたのが磯崎新（一九三一－）である。

郷里の大分から作品をつくりはじめ、きわめて国際的な建築家となった。歴史的な知識にも先端的な知識にもつうじた理論家で、欧米の新しい動きを日本に紹介し、逆に日本建築を紹介する役割を果たしている。英語も達者で、海外の建築家や知識人と対等に建築論、都市論、文明論を論じられるのは彼ぐらいのものであった。もちろん作家、美術家、音楽家など日本の文化人との交友も多彩で、前出の安部公房や大江健三郎ともつながる前衛的知識人としてのスタンスを有する。

初期には、丹下のもとでお祭り広場を担当するなど技術志向があったが、独立してからは思想的革新を志向し、八〇年代あたりからポストモダンを標榜する。ソシュール（言語学）やレヴィ＝ストロース（人類学）の構造主義から始まった新しい哲学の動きは、インターナショナル・スタイルのミニマリズムを越えようとする建築界の動きと共振し、日本でポストモダンといえば、磯崎の筑波学園センタービルが取り上げられるという時代があった。やがてこの動きは、デコンストラクティビズム（脱構築）という潮流につながり、多くの意欲的なプロジェクトを生むが、傾いた壁や柱は、設計にも施工にも保守にも困難を伴い長続きはしない。しかし磯崎は常に、こういった試みを応援する立場をとった。

丹下健三からメタボリズムへとつづく戦後建築界のメインストリームの、まったく埒《らち》外にいたのが、篠原一男(一九二五 - 二〇〇六)である。

数学者として出発し、建築家に転じてからも住宅を年に一つという寡作を守り、一般にはほとんど知られていないが、建築界ではきわめて評価が高い。若い時は伝統的な様式を丁寧に踏襲したが「伝統は出発点であり得ても回帰点ではあり得ない」と発言し、事実そのとおりの道を歩んだ。箱型の位相幾何学的な空間構成を経て、一見暴力的とも見える強烈な抽象形態を志向した。その様式転換は、基礎的な具象絵画から独創的な抽象へと飛翔したパブロ・ピカソを想起させる。デコンストラクティビズムにつうずる傾向にも向かったが、さすがと思わせる作品を残している。

篠原は日本の建築伝統美を極めることから出発し、そのもっとも遠い地平へと駆け抜けたのだ。直接の弟子だけではなく、伊東豊雄や妹島和世といった現代建築家も、篠原の影響を自認している。孤高ではあるが、また熱心な支持者も、深く影響を受けた建築家も多い。日本という国が生んだ稀有な芸術家の一人というべきであろう。筆者にとっ

白の家

ても、大きな意味をもつ建築家であった。

丹下とメタボリストが成長発展期の建築家像であったのに対して、篠原と磯崎はそれ以後の、つまりそれまでのモダニストを超える建築家像を模索したといえる。この二人は互いに敬意を表していたが、最後にコンペの審査をめぐって決裂した。


高度成長以後、一般の都市と住宅は、どのように変化したか。

オフィスビルは高層化し、三〇階建て以上のいわゆる超高層が主力となることによって、構造や設備や構法の考え方が格段と進化する。この点において、林昌二という建築家と彼が属した日建設計という組織が果たした役割は小さくなかった。

集合住宅は、マンションと呼ばれる民間分譲が主力となっていく。一時、盛んに建設された公団や公社などの公共住宅は、イギリスのニュータウンやドイツのジードルンクをモデルにして、大都市の周辺に機能主義的なコミュニティをつくろうとする試みで、日照と広場と緑は十分にあったが、都心部から遠い上に、一つ一つの住戸が狭く個性がなかった。生活に余裕ができるにしたがって人々は、たとえローンに苦しんでも、学者の理想や官僚のお仕着せより、バリエーションを売りにした民間業者の商売を選択したのである。このことに、戦後日本社会における「官よりも民」という選択がはっきりと現れている。また一戸建ての住宅も、従来の木造建築を大工に依頼するということから、何々ハウスといった商品化された住宅を購入することが一般的となる。住宅が展示場で選ぶものとなった。

伝統様式はさらに駆逐された。

マンションや商品化住宅の内部は、ほとんどが絨毯かフローリングの部屋であり、畳の部屋は一室あるかないかである。旅館と料理店にはいわゆる和風が残っていたが、最近では、旅館はホテルに変わり、本格的な料理店も畳の部屋に掘り炬燵《こたつ》式の足入れをつくるようになり、一杯飲み屋も現代風にアレンジされている。もはや和風というものは、現代の無国籍建築の意匠に応用される一形式にすぎない。街角には、マクドナルドやスターバックスといった、世界的なチェーン店が広がっている。

九州、北陸、東北から北海道と、新幹線はほぼ日本列島を席巻するする勢いであるが、その駅周辺は、地域の顔を失ってすべて同じような店、同じようなデザイン、同じような味、同じような空間となる。巨大化した駅ビルや再開発ビルは、もはや一つの建築とはいえず、道路、広場、エスカレーター、エレベーター、動く歩道などを含んでインフラと化し、建築はむしろその内部のインテリアと化しつつあるのだ。

グローバリゼーションというべきか。銀座や表参道のような商業のホットスポットは、プラダ、シャネル、ヴィトンといった世界的なブランド店で占められ、安藤忠雄や伊東豊雄や妹島和世のような世界的な建築家がそのデザインを担当している。装飾的な建築が広がっているというわけではないが、明らかにブランド商品の質と同調する質の感性が求められており、建築も、記号論的な消費のメカニズムに組み込まれているといえよう。「機能的なものが美しい」という機能主義時代のテーゼは過去のもとなった。イセ・グロピウス夫人なら何というだろうか。

こうした戦後経済成長の過程で、企業戦士の闘いを描いたのが城山三郎であり、その裏側を描いたのが梶山季之《としゆき》であり、犯罪を描いたのが松本清張であり、歴史に照らしたのが司馬遼太郎であった。戦後の都市と建築は、むしろ彼らの作品によく描かれているが、ここでは割愛せざるをえない。

司馬遼太郎は、歴史家といってもいいほど膨大な史料を駆使して時代小説を書く。時代と場所の具体的固有性の中から人物が浮かび上がる。そして著者も読者も、それを現代の企業社会に置き換えているところがある。ものの見方にそれだけの普遍性があるのだ。その意味で、漱石以来の、時代と切り結んだ国民的作家であったといえよう。筆者は、中部地方のテレビ番組で、司馬さんと対談する機会をえた。その後、本を出すたびに励ましのお便りをいただいたので、訃報に接したときは寂しかった。最初にお会いした東大阪のご自宅を記念館にするという話が出て、ヘンなものにならなければと心配したが、安藤忠雄さんが設計すると聞いてホッとした。完成してから訪れてみると、司馬さんらしい、馥郁《ふくいく》と文芸の香り漂う奥ゆかしい空間が実現していた。

東京と地方との落差はむしろ広がったかもしれない。

寺山修司は、その出生や育ちをも創作化するほど、落差を文学とし、落差を人生とし、その落差を落ちる水の飛沫を言葉にした。

「マッチ擦るつかのま海に霧ふかし身捨つるほどの祖国はありや」

ここで私たちは「上京者のまなざし」の方向が変わったことに思いいたる。

二葉亭の文三は静岡から、花袋の芳子は兵庫から、漱石の三四郎は福岡から、鷗外という「青年」は島根から、すべて東京の西南部からの上京者であった。明治期の東京が、主としてその西南部から、学生としての若者を集めたのに対して、昭和期の東京は、主としてその東北部から、軍隊や集団就職というかたちで若者を集めたのだ。現在酒場で歌われているカラオケ（演歌）というものが、ほとんど「北の歌」であることを考えれば、同じ上京者でも、西南部からのそれは明治文学を生み、東北部からのそれは昭和演歌を生んだ、といえるであろうか。

日本の近代文学には、東京と地方のダイナミズムという意味の都鄙《とひ》構造が存在し、精神的ポテンシャルとしての「落差」が存在した。西から北へとブーメランのように曲がった、この列島において、西からの落差は「志」となり、北からの落差は「怨」となった。

意識の共同体『風の歌を聴け』

長く激しい闘争のあと成田空港がようやく開港し、インベーダーゲームが流行して日本中の喫茶店がゲーム機だらけとなり、山口百恵が芸能界にサヨナラを告げ、日本の自動車生産台数がアメリカを抜いて世界一となったころ、『風の歌を聴け』という小説で群像新人賞を受賞して、村上春樹（一九四九-）は世に出た。

昭和五四年、それは安藤忠雄（一九四一-）が「住吉の長屋」で日本建築学会賞を受賞してデビューをとげた年でもある。仕事の少なかったころの彼は、阪神間の小さな住宅や店舗を手がけていたので、芦屋で育った村上と、どこかで出会っているかもしれない。二人はまだ無名の若者であったが、このデビュー作のあと、一気に世界的な芸術家への道を駆け登った。

村上の作品に入る前に、この安藤忠雄という建築家について少し語っておきたい。

彼の作品の特徴は、まず「打放しコンクリート」の精度にある。

木造の国日本では、コンクリートを近代的なものと考えがちだが、西洋では古代ローマで発達した古い建築材料で、近代的になったのはそこに鉄筋が入ってからだ。これを「打放し」として使ったのがオーギュスト・ペレやル・コルビュジエで、その影響を受けて昔は丹下健三も使った。しかしコルビュジエのコンクリートは荒っぽいもので、精密なものを求める日本では工事中のような印象があって嫌われ、あまり使われなくなっていた。

そこに登場したのが安藤忠雄である。

これまでとは違う「完璧な打放し」をひっさげて。

デビュー作、住吉の長屋（大阪）は、小さな牢獄のような住宅であるが、その打放しの精度と断固たる空間構成が建築界に衝撃を与えた。

彼はまず、型枠の組み方にこだわった。日本では、ほぼ九〇センチ×一八〇センチ、つまり昔の三尺×六尺の規格の合板が使われるが、安藤はその合板のサイズと、型枠を組むときのセパレーター（型枠を一定の間隔に止める金具）の穴の跡を、そのまま建築の意匠にしたのである。

そのためには、型枠を組むこととコンクリート打ちに完璧な精度が求められる。若いときの安藤は常に現場に立ち、事務所のスタッフを総動員して、注意深くコンクリートを打たせた。設計者はもちろん、監督にも、職人にも、施主にも、安藤は建築にかかわるすべての人間に緊張を強いた。あの美しいコンクリートの壁には、元ボクサーであった彼の炎のような執念が打ち込まれている。それが武士道や禅の境地にたとえられるほどの強い精神性として現れる。

そして安藤は、その単純で強固な壁によって囲まれる空間に意識を集中させ、時に自然を取り込みながら、重苦しいはずのコンクリートに、爽やかな風を吹かせるのだ。彼の空間には、理論や思想ではなく、現代的であると同時に日本的な「詩性」が感じられる。安藤の活躍とともに、日本には木造に代わってコンクリートの建築が広がっていく。その意味で彼は、木造の伝統を、技術と感性としての伝統に切り換えたともいえ、その点にこそ安藤建築の固有性と普遍性がある。その簡明な美意識は、建築家のイメージを、たとえば磯崎新に代表されるやや難解な知識人という枠から解き放った。

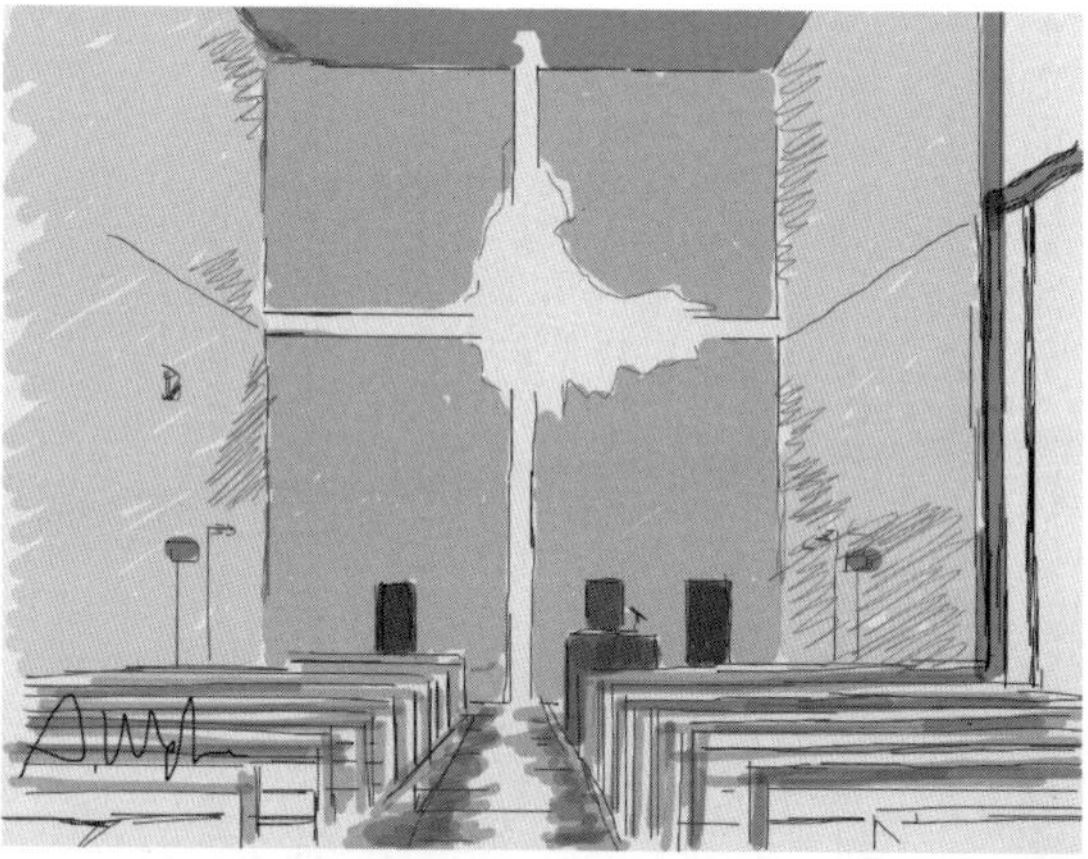

光の教会

小難しいことをいわないのは、本当に勉強しているからだろう。筆者の本のほとんどを、自分で買って読んでくれている。

さて、村上春樹である。

デビュー作『風の歌を聴け』は、ある海岸沿いの小さな街（作家自身なら芦屋）で育ち、ある東京の大学（作家自身なら早稲田）に進んだ主人公の「僕」が、その街に帰って一夏を過ごす物語である。登場人物は、「僕」、親友の「鼠」、ジェイズ・バーのバーテン「ジェイ」、左手の指が四本しかない「女の子」の四人で、ほかに「僕」が東京で出会った女の子の話や、ラジオのディスク・ジョッキーの話が挿入される。

この小説に登場する唯一のフルネームはディレク・ハートフィールドというアメリカの作家で、「僕」はこの人物から多くのことを学んだという。しかしこの作家は村上の創作で実在せず、村上自身は、フィッツジェラルドや、カポーティや、チャンドラーの影響を強く受けている。

この世代（筆者も近い）におけるアメリカ文化の影響は、一般に、ジャズや映画やスポーツによる、自由と強さと豊かさへの憧憬、あるいは逆にヒッピーや反体制運動といったカウンター・カルチャー、もしくは麻薬や犯罪といった暗い側面に現れる。しかし村上は、文学としてのアメリカ文化を受け入れ、ジャズにも映画にもごく自然に触れ合い、安保反対闘争にもベトナム反戦運動にも大学紛争にも深入りしていない。それは戦後日本人にとっての重い意味をもつアメリカではなく、現代に生きる一人の若者にとっての軽やかなアメリカであり、その浮遊感にこの作家の特徴がある。

物語の拠点となる空間は「ジェイズ・バー」という小さなバーである。ここで「僕」はビールを飲み、「鼠」と議論し、「ジェイ」と軽口をたたき、洗面所で「女の子」と出会う。

「『ジェイズ・バー』のカウンターには煙草の脂で変色した一枚の版画がかかっていて、どうしようもなく退屈した時など僕は何時間も飽きもせずにその絵を眺めつづけた。まるでロールシャハ・テストにでも使われそうなその図柄は、僕には向いあって座った二匹の緑色の猿が空気の抜けかけた二つのテニス・ボールを投げあっているように見えた。

僕がバーテンのジェイにそう言うと、彼はしばらくじっとそれを眺めてから、そう言えばそうだね、と気のなさそうに言った。

『何を象徴してるのかな?』僕はそう訊ねてみた。

『左の猿があんたで、右のがあたしだね。あたしがビール瓶を投げると、あんたが代金を投げてよこす。』

僕は感心してビールを飲んだ。」（講談社文庫）

「ジェイズ・バー」と友人の「鼠」は、村上作品に何度も登場する。つまりこのバーはこの作家を解き明かす鍵となる空間である。しかし建築の様式やインテリアについての説明は一切ない。猿がボールだかビールだか代金だかを投げるロールシャハがすべてである。しかしそこに、こういった抽象絵画をかける感覚と、主人公の心理学的な気分と、洒落た会話をするバーテンの存在が浮かび上がる。これが村上ワールドの「空間的な質」であるが、どこか安藤忠雄の空間につうじるところもあるだろうか。

街の様子と「鼠」の家については、次のように語られる。

「街について話す。僕が生まれ、育ち、そして初めて女の子と寝た街である。前は海、後ろは山、隣りには巨大な港街がある。ほんの小さな街だ。港からの帰り、国道を車で飛ばす時には煙草は吸わないことにしている。マッチをすり終るころには車はもう街を通りすぎているからだ。

人口は7万と少し。この数字は5年後にも殆んど変わることはあるまい。その大抵は庭のついた二階建ての家に住み、自動車を所有し、少なからざる家は自動車を2台所有している。—中略—
鼠は三階建ての家に住んでおり、屋上には温室までついている。斜面をくりぬいた地下はガレージになっていて、父親のベンツと鼠のトライアンフTRⅢが仲良く並んでいる。不思議なことに、鼠の家で最も家庭らしい雰囲気を備えているのがこのガレージであった。」（前掲）

芦屋であるとすれば、『細雪』の舞台でもあった。実際、戦前のあのあたりには、老舗の蒔岡家の姉妹のような人たちが、戦後のあのあたりには、あやしげな商売で金をかせいだ「鼠」の父親のような人物が、住んでいそうなのだ。

主人公である「僕」の家も部屋もまったく説明されない。「僕」が自分の部屋にいるときの記述は、ラジオのディスク・ジョッキーのナレーションがほとんどを占める。それがなかなか気の利いた内容で、私たちはいつのまにか、その音楽とナレーションの響きが、彼の部屋の室内を装飾しているかのように感じる。

「僕」の自宅と、ジェイズ・バーと、「女の子」の部屋のあいだを移動するのはすべて車であるから、街を歩くシーンもほとんどない。しかしこの小説には、多くのアメリカ音楽、アメリカ文学、アメリカ映画などにかかわる固有名詞が挿入されており、あたかもそれが街並と建築を構成するように感じる。

固有名詞が頻繁に登場するところは『細雪』的でもある。

しかしその内容は音楽や文学など、作者の周辺にある私的な趣味に限られている。その世代、その時代の日本人を代表するというものでもない。村上は、たとえば全共闘世代というような、世代の小説家というわけではないのだ。

また筆者は、こういった村上作品の主人公の動きに、ロール・プレイング・ゲームのキャラクターのような印象を受ける（すでに指摘されているようだが）。彼の文体は全体に「僕は、何々へいった。何々と会った。何々をした。何々のようだった」といった記述と、テロップのように淡々とした「温度差のない会話」で進行する。村上春樹の世界では、すべての空間が記号として、図柄として、その前に立つ主人公とその向こうにある世界とのインターフェースとしての意味しか与えられていない。

村上作品の中でもきわだって幻想的な読後感を与えるのは、若者（特に筆者の研究室の学生）に人気のある『世界の終わりとハードボイルド・ワンダーランド』という作品である。

ここでは表題にある二つの世界が交互に描かれ、「ハードボイルド・ワンダーランド」

村上春樹

247　第八章　成長という破壊

の方は、記号士と計算士という二種類の人間が闘っているSF映画のようで、「世界の終わり」の方は、古い生命の記憶の層から漠とした未来につながる意識の世界のようだ。そしてこの「世界の終わり」の「壁で囲まれた街」の描き方が実に詳細である。

「影と会った翌日から、僕《ぼく》は早速街の地図を作る作業にとりかかった。

僕はまず夕方に西の丘の頂上にのぼって、まわりをぐるりと見まわしてみた。しかし丘は街を一望のもとに見下ろせるほど高くはなかったし、僕の視力はすっかり低下していたから、街をとり囲む壁のかたちをはっきりと見定めることは不可能だった。街のおおよその広がり方がわかるという程度のことだ。」

「しばらく進んで、それから壁に沿って右に折れると南の方に崩れかけた古い兵舎が見えた。飾り気のない質素な二階建ての建物が三棟《むね》縦に並び、そこから少し離れて、官舎よりはいくぶん小ぶりな将校用のものらしい住宅が固まって建っていた。建物と建物のあいだには樹木が配され、そのまわりを低い石壁が囲っていたが、今ではすべてが高い草に覆われ、人気はうかがえなかった。おそらく官舎にいる退役軍人たちもかつてはこの兵舎のどれかに住んでいたのだろう。」

主人公の「僕」はここで「夢読み」という仕事をしていて、自分の「影」(擬人化されている)と出会う。

どうやら「世界の終わり」は、「ハードボイルド・ワンダーランド」の主人公「私」の脳にインプットされた世界であり、高い堅固な壁が、頭蓋《とうがい》を示しているようだ。この「街」の記述は幻想的な村上ワールドの中でも特に幻想的なもので、私たちは主人公の頭の中につれていかれるのであるから、「壁に囲まれた街」は、いわば「村上ワールドの中の村上ワールド」として注目すべき空間であろう。

筆者はアメリカで客員研究員をしていたとき、孤独なつれづれに、カール・ユングの著作を英語で読み込んだことがあるが、村上の作品には、そのユング心理学の中心概念である集団的無意識(collective unconscious)に入り込むような感覚がある。そういった感覚は漱石にも多少あるが(『夢十夜』など)、村上のそれは、プルーストやジョイスが追求した「意識の流れを追う」タイプの小説を経ての、パソコンとインターネットの時代においてこその幻想性をもっている。

登場人物は、どこかしら精神的に病んでいることが多い。というより、病者と健常者との境が曖昧である。その点でも漱石を連想させる。「僕」や「私」といった語り手が、ある人物に親しみを感じ、その行動の特性に触れ、その背後にある精神の深奥を探るという点でも、複数の人物にかかわる複数のストーリーが併行して進むという点でも、漱石の晩年の作品につうじる。『ノルウェイの森』において、直子の精神が手紙や第三者の報告によって明らかにされるところは、『行人』や『こころ』の構成を想わずにいられない。

しかし村上は、漱石のように鬼気迫る精神の白熱を描こうとはしていない。彼の筆は常に空漠とした喪失感につつまれて低温を保っている。冷血ではなく、ぼんやりとした暖かさが伝わってくるのだが、乾燥している。

そこに「近代人の苦悩」と「現代人の苦悩」との違いがあるのかもしれない。

漱石の苦悩は、日本人が近代化という未知の仕事に向かうときの気負いとともにある不安であり、村上の苦悩は、その大きな仕事を終えたときの寂寞《せきばく》とともにある不安ではないか。欧米に対するスタンスの違い（漱石は逃げるようにして帰ったが、村上は住み着いている）も、そこからくるのではないか。

日本の伝統的な共同体が崩壊する中で、漱石は、必ずしも西欧的なものと同調しない「私の個人主義」を唱えざるをえなかった。都市化が進み、戦後アメリカ的民主主義を経た現代では、すでに「個人の自由」が社会の前提となっている。しかしもちろん人間は、完全に個人でも自由でもない。つまりそういった前提の上で、どれだけの共同性を獲得できるかという問題が残る。とはいえその共同性は、これまでのような地縁的なものでなく、趣味や好みを共にする、きわめて選択的なものであり、生活や仕事の基盤を離れた、いわば「意識(無意識)の共同性」である。
村上作品の空間に響くのは、そういった「意識の共同体に吹く風の歌」ではないだろうか。

昭和後期を総じて、文学には文化様式と家制度の保護を失った、むき出しの個人が描かれている。
途轍《とてつ》もない破壊のあとの瓦礫《がれき》の中からスタートし、戦後復興、東京オリンピック、高度成長、大阪万博と、あたかも丹下健三の作品と歩を合わせるように日本経済は発展を続けた。明治以来もっとも長く平和がつづいた時代であるにもかかわらず、戦後文学の空間には暴力的な様相が現れる。人々の生活は豊かになり、都市には高層ビルが林立し、店先にはブランド商品が並んでいるが、日本人の心象には、どこか荒涼とした風景が現前する。「コンクリート・ジャングル」という言葉は、近代社会における都市や建築が、人間を保護するのではなく脅かす存在となっているということだろう。経済成長もまた戦争と同様に文化空間の破壊であった。

そしてそういった荒涼たる風景にも、新しい風は吹く。

エピローグ　『サラダ記念日』　近代日本という神話

「この味がいいね」と君が言ったから七月六日はサラダ記念日

チェルノブイリ原子力発電所で爆発事故があり、東京サミットで中曽根首相が張り切り、三原山で大噴火があった翌年、国鉄が解体されてJRとなり、政界はリクルート事件に揺れていた。村上春樹が『ノルウェイの森』を、吉本ばななが『キッチン』を発表し、伊東豊雄（一九四一-）がシルバーハットを完成させ、その事務所から独立した妹島和世（一九五六-）が設計事務所を開く。

昭和六二年。俵万智（一九六二-）は、第一歌集『サラダ記念日』を発表して、世間の注目を集めた。

本編では、詩人、歌人、俳人は扱わなかったが、メインディッシュのあとに、さっぱりとサラダで締めくくろう。

都市と建築にかかわる歌をいくつか抜粋する。

大きければいよいよ豊かなる気分東急ハンズの買物袋
人住まうことなき家の立ち並ぶ展示会場に揺れるコスモス
それならば五年待とうと君でない男に言わせている喫茶店
ハンバーガーショップの席を立ち上がるように男を捨ててしまおう
月曜の朝のネクタイ選びおる磁性材料研究所長
ただ君の部屋に音をたてたくてダイヤル回す木曜の午後
君の待つ新宿までを揺られおり小田急線は我が絹の道
ふるさとの我が家に我の歯ブラシのなきこと母に言う大晦日
「スペインに行こうよ」風の坂道を駆けながら言う行こうと思う

（河出文庫）

二〇歳の終わりから二四歳までの作品を集めた四三〇余首には、故郷の家を離れて、東京のアパートに一人住まいする若い女性の生活情緒がよく表れている。俵万智は、大阪で生まれたが、一四歳のとき福井県武生市に移った。父親は信越化学の磁性材料研究所長。日立製作所の溶接技術研究者を父にもつ妹島和世と似たものを感じる。

ライト・バースとも呼ばれ、コピー・ライティングとも比較されるが、われわれの世代のシンガー・ソングライターの詩の空気にも近い。ここに吹いているのは、簾を動かして秋の訪れを告げる短歌の風であると同時に、駆けながらスペインに行こうと坂道を渡る軽音楽の風だ。

天皇の崩御、つまり昭和の幕引きが近づいていた。

この稿を書いてきた今、筆者にはそれが、明治・大正・昭和という一続きの時代の幕引きであったような気がする。

明治・大正・昭和という一続きの時代。

渡来の様式をもって持続を期して建てられた法隆寺。古来の様式をもって遷宮の制度を定めた伊勢神宮。簡素な美意識の象徴としての茶室待庵。「綺麗寂び」の集大成としての桂離宮、規格をもった木組に畳、襖、障子という精妙な技術に支えられた木造住宅。そういった、日本の伝統建築様式は崩壊した。

もちろんヨーロッパにおいても、もはやギリシア神殿風の柱をもつ建築はつくられないし、ロマネスク風の教会も、ゴシック風の教会もつくられない。モダニズムの浸透とともに、かつての様式建築が過去の遺物となったのは世界的現象である。しかし、一般の住宅までが、これまでとはまったく異なる様式に変わる文化は珍しい。

そしてその崩壊の過程で、建築家と小説家は何ものかを構築した。端的にいえばそれは、コンクリートに囲まれ空調された個人の空間であり、村落的家社会の呪縛から解き放たれた近代的自我の空間であろう。それは、過去の文化を葬り去ってもなお構築すべき価値をもっていると思われたのであり、われわれはたしかにその構築された空間に育ち、仕事をし、生きてきたのである。しかし今なぜか、その新しい空間の価値も色褪せて感じられる。

明治・大正・昭和という一続きの時代。

お勢も、美禰子も、芳子も、光子も、ナオミも、お雪も、節子も、踊子も、駒子も、千重子も、苗子も、幸子も、蝶子も、登の母親も、砂の女も、それぞれの時代を生き、それぞれの街を生き、それぞれの家を生きた。

鹿鳴館、小川町の文三の下宿、ニコライ堂、千駄木の猫の家、東京駅、真砂町の美禰子の家、先生の家、先生の下宿、蒲団の残る二階、豊多摩監獄、信一の家の西洋館、廊下型の文化住宅、大森の痴人の家、東栄館の屋根裏、帝国ホテル、葭簾《よしず》と溝《どぶ》の家、グロピウス・ハウス、パリ万博日本館、八ヶ岳のサナトリウム、伊豆の木賃宿、越後湯沢の温泉宿、お師匠さんの家、京都の老舗、北山杉の林、ドライアイスの工場、芦屋の幸子の家、蝶子の関東煮の店、蘇我馬子の墓、広島平和記念公園、国立代々木屋内総合競技場、金閣寺、登の母親の寝室、スパニッシュ・バロックの家、砂の穴の家、ダンボール箱、住宅団地の2DK、展示場で売られる家、打放しコンクリートの住吉の長屋、ジェイズ・バー、鼠のガレージ、世界の終わりという街。

建築の空間は現実であり、小説の空間は虚構である。しかしどちらが本当にリアリティをもった空間であるかは一考を要する。現実は虚構を生み、虚構は現実に反映される。虚実はあざなえる縄の如しだ。


明治・大正・昭和という一続きの時代。

サムライの時代から、サラリーマンの時代まで。

三歩下がった「なでしこ」の時代から、サッカーをやる「なでしこ」の時代まで。

筆者はこれを「神話的な時代」であったように思う。

現実に、明治天皇も神格化され、昭和天皇も神格化された。

西郷隆盛、乃木希典、東郷平八郎、山本五十六、豊田佐吉、松下幸之助、美空ひばり、なども神格化された。尊皇攘夷、文明開化、神州不滅、大東亜共栄圏、経済大国など、さまざまな神話があった。端的にいえば、近代文明の絶対価値という神話と、欧米以外で唯一の先進国という神話に総括されよう。

そして今、その神話的な時代が終わろうとしている。「近代の超克」や「ポストモダン」という言葉にどれほどの正統性があったかは別にしても、「近代日本という神話」は幕を閉じようとしている。

われわれは今、ユーラシアの東の果ての小さな列島の、近代神話以後の時代を生きようとしている。

若者たちは、また新しい旅に出る。

あとがき

雑誌『建築文化』（彰国社）の「風土と建築」をテーマとする懸賞論文で下出賞をいただいたことが、もの（文章）を書くようになるきっかけであった。日本は列島改造論のころ、私は二十代の後半、工業化構法から風土的構法へ、いわば文明から文化へと視点を転じるきっかけでもあった。そのうち、建築の設計をするよりも文章を書く方が多くなった。やがて文学作品の中に記述された建築を研究するようになった。つまり風土・建築・文学が、私の人生のキーワードである。

「建築からの文学史、文学からの建築史」と書いたものの、どちらかといえば文学に力点がおかれている。読者の方には明治・大正・昭和という一続きの時代の、日本人の心の空間を旅していただきたかった。そしてそこから、平成という「新しい心の空間」へ旅立っていただければと思う。

彰国社とは長いおつきあいとなった。後藤武会長はじめ、本書の成立にご助力いただいたすべての人々に感謝している。

二〇一二年一一月　衆院解散のあと　東京紅葉のなか　若山滋

著者紹介

若山　滋（わかやま しげる）

一九四七年　台湾生まれ、東京都出身
一九六九年　東京工業大学建築学科卒業
一九七四年　（株）久米建築事務所入社
一九七六年　東京工業大学大学院博士課程修了、工学博士
一九八三年　名古屋工業大学建築学科助教授
一九八九年　同教授
現在　中京大学、放送大学、椙山女学院大学、各客員教授　武蔵野美術大学非常勤講師　名古屋工業大学名誉教授

・主な建築作品
不二の一文字堂　高萩市立図書館・歴史民族資料館　ミャンマー中央農業開発センター　筑波科学万博・政府出典歴史館　名古屋工業大学正門　東邦ガス知多緑浜工場管理棟　西尾市岩瀬文庫展示棟

・主な著書
建築へ向かう旅―積み上げる文化と組み立てる文化（冬樹社）　ローマと長安（講談社現代新書）「家」と「やど」―建築からの文化論（朝日新聞社）　風土から文学への空間（新建築社）　漱石まちをゆく―建築家になろうとした作家（彰国社）　建築の歌を聴く―中部の建築42選（中日新聞社）

建築家と小説家　近代文学の住まい

2013年 2月10日　第1版 発 行

著作権者との協定により検印省略

著　者　若　山　滋
発行者　下　出　雅　徳
発行所　株式会社 **彰　国　社**

自然科学書協会会員
工学書協会会員

162-0067 東京都新宿区富久町8-21
電　話　03-3359-3231(大代表)
振替口座　00160-2-173401

Printed in Japan

印刷：壮光舎印刷　製本：ブロケード

ISBN 978-4-395-01263-3 C3052　http://www.shokokusha.co.jp

〈彰国社の本〉

漱石まちをゆく　建築家になろうとした作家

若山　滋著

漱石は学生時代、建築家になろうとした。そしてその作品に登場する都市と建築の描写は、多様で、詳細で、また重要な「意味」を担っている。それは現代に生きるわれわれの心象風景の原型であり、われわれは彼を歩かせることによって、「西洋」という力に直面した明治人の心と、「近代」への道を歩んできた日本人の心を知ることができる。

さあ、漱石とともに歩いてみよう。それはわれわれ自身の心を知ることだ。

目　次

B6判二四二ページ